DOMAINE FRANÇAIS

ÉTERNEL

DU MÊME AUTEUR

TERRE ET CIEL, entretiens avec Théodore Monod, Actes Sud, 1997 ; Babel n° 364.
LE DERNIER VOL DE LANCASTER, Actes Sud, 2003 ; Babel n° 672.
NAUFRAGÉE, Thierry Magnier, 2007.

ISBN 978-2-7427-8281-9

SYLVAIN ESTIBAL

Eternel

roman

ACTES SUD

A Georges, héros de l'espace.

A l'avant et à l'après…

L'auteur tient à remercier le Centre national du livre pour la bourse qui lui a permis de prendre le chemin de l'espace et d'oser affronter à mains nues une tempête solaire.

Il tient également à exprimer des remerciements presque éternels à Myriam Tekaïa, pour son soutien, ses conseils et ses encouragements, ainsi qu'à Bertrand Py – qui ont tous deux formé son équipe au sol durant ce long voyage vers l'inconnu.

On peut dire qu'il a réussi de celui qui (...) a gagné l'admiration et l'affection des hommes de bien ; qui a fait son devoir et accompli sa tâche ; qui a laissé le monde meilleur qu'il ne l'a trouvé.

BESSIE STANLEY

Partout, dans les médias, ce sont les mêmes images et les mêmes incontournables références. Cratère d'impact de Manicouagan au Canada, vieux de deux cent douze millions d'années. Cratère de Gosses Bluff en Australie. Cratère d'Aorougna au Tchad, de Tenoumer en Mauritanie, cratère de Barringer Meteor, cratère de Popigaï, d'Acraman, de Vredefort, cratère du Tadjikistan, partiellement rempli par les eaux du lac de Kara-Tul.

Et partout les mêmes désastreuses hypothèses, le même improbable déchaînement de faits. Une litanie de l'enfer tout droit sortie du livre de l'Apocalypse :

"Au point d'impact, la mer se soulèvera : en l'espace de quarante secondes, des masses d'eau impressionnantes prendront la direction du ciel. Puis une vague gigantesque se formera, de plus de quatre kilomètres de hauteur, qui s'en ira déferler sur les terres à une vitesse impitoyable. Sur plusieurs milliers de kilomètres, toutes les habitations, toutes les villes seront dévastées, emportées. Nul n'aura le temps de fuir."

L'expédition touchait donc à sa fin. Le vaisseau *Lunar 5* se dirigeait à présent vers le point de largage d'*Eternel*, ultime étape de la mission. La Terre demeurait toutefois encore loin. Par le hublot, elle n'était qu'un astre minuscule.

Les neuf spationautes se trouveraient bientôt sur le chemin du retour. Combien de jours avant la plongée dans l'atmosphère ? Deux semaines, au moins. Si tout se passait sans difficulté. Bien sûr, ce n'était pas à proprement parler un vol périlleux, mais ils connaissaient les risques inhérents à tout vol habité. Ils savaient aussi qu'il leur faudrait d'ici là tromper l'ennui et récupérer de la fatigue accumulée.

Une sorte d'amertume flottait parmi l'équipage, l'impression sans doute de rentrer trop tôt, en ayant certes accompli leur mission, mais sans qu'on leur ait vraiment donné leur chance.

Désormais, après trois mois de travail, il n'y avait plus rien de très exaltant à effectuer. La construction de la station lunaire était achevée. Les neuf spationautes avaient déposé et assemblé les derniers éléments de la structure centrale et du laboratoire d'expérimentation. Quant à la tâche de libérer le serveur *Eternel*, elle n'incomberait à personne. Tout se ferait de façon mécanique ; tout avait été programmé. Il n'y aurait pas d'intervention humaine.

Tandis que le vaisseau prenait la direction du point Alpha, en mode automatique, à mesure que la concentration se relâchait, les ombres intérieures resurgissaient, venaient rôder immanquablement dans les esprits.

L'impression de n'être pas à sa place, de mériter mieux. Chacun considérait secrètement qu'on avait sous-estimé sa compétence, et refusait de se reconnaître dans ses compagnons de voyage.

Les qualités de chacun étaient connues. Leur potentiel avait été mesuré, analysé, noté par des experts. Leur physiologie, leur psychologie n'avaient plus aucun secret. Leur histoire personnelle avait été étudiée avec la plus grande attention et de nombreux détails de leur vie privée figuraient dans leur dossier respectif. S'ils étaient ici, c'était pour des raisons bien précises. Mais ils ne pouvaient s'empêcher de penser que, s'ils n'avaient pas été retenus pour *Mars Explorer*, c'était également pour des raisons précises, qui avaient sans doute trait à leur passé.

Le commandant Aris s'était déplacé vers le centre nodal du vaisseau *Lunar 5* pour y effectuer une vérification du système de protection contre l'échauffement cinétique et les flux extérieurs ioniques.

Il demeurait seul, flottant contre le métal blanc, dans la lumière immobile, quasi minérale, du module de contrôle.

D'ordinaire, le commandant réprimait le moindre sentiment de jalousie. Pas de quoi en faire une maladie de cette histoire, essayait-il de se raisonner. Après tout, ce n'était qu'un détail ridicule. C'était sans doute le contexte de cette expédition qui le prédisposait à cette torture de l'esprit.

C'était juste avant que les spationautes ne referment la station lunaire pour rejoindre l'orbiteur LSAM que l'un d'entre eux, Felten, avait eu le privilège de dévoiler la plaque commémorative et de lire ce fameux message dans lequel on rappelait la liste des pays contributeurs et proclamait avec emphase qu'"en ce lieu s'effectuerait la préparation future des grandes explorations spatiales conduites par les peuples de la Terre, unis dans une même quête de savoir, et tournés vers un avenir de paix". Ne revenait-il pas logiquement au responsable de cette mission de prononcer une telle sentence ?

Avait-on voulu récompenser ce type ? Et pour quelles obscures raisons ?

Non, de toute évidence, la désignation de Felten n'était pas une bonne idée. C'était même, à bien y songer, une idée malsaine, qui avait contribué à dégrader le climat entre eux. Comment d'ailleurs imaginer un instant que cette mission pût se dérouler dans la sérénité avec un tel spationaute à bord ? Ce n'était pas faute de le leur avoir répété. Mais ainsi fonctionnait à présent l'agence, déplorait-il : sur des critères ne se limitant pas aux seules aptitudes techniques mais intégrant tout autant les affinités que l'on entretenait avec la direction, voire le physique, notions tellement subjectives et odieuses qu'elles autorisaient toutes les formes de dérapage.

Fidèle à ses principes, suivant lesquels il refusait d'embarquer un individu qu'il n'avait pas choisi, le commandant avait mené jusqu'au départ un discret mais hargneux lobbying pour tenter d'écarter l'importun. On l'avait vu faire le siège du bureau du directeur, un classeur sous le bras, arpentant les couloirs de la direction des opérations, proposant d'autres noms pour les accompagner, argumentant qu'il ne voulait pas revivre "le cauchemar qu'avaient connu certains autres avant lui". Mais on avait passé outre à ses requêtes et confirmé en réunion plénière le choix de Felten... Que la peau de ce spationaute fût noire, il s'en foutait. Il n'avait jamais été raciste et mettait un point d'honneur à se forger des jugements sur de strictes considérations professionnelles. Mais ce spationaute, par manque d'entraînement, faisait courir des risques à l'équipage et son passé donnait toujours lieu à des discussions sans fin.

Au retour, Aris ne se gênerait pas pour parler du climat délétère que cette présence à bord avait engendré, des difficultés supplémentaires qu'il avait fallu gérer. Il en profiterait pour rappeler qu'il importait plus que jamais, à l'approche des grandes explorations martiennes, de tenir compte des avis des commandants de mission. Et tant pis si cela déplaisait aux responsables.

Tandis que le miroir analytique faisait défiler les données de son relevé biologique, son adjoint Evon examinait au même moment les cernes qui étaient apparus sous ses yeux. Pas de doute, la fatigue avait marqué son visage. Il observait dans sa cabine son visage gonflé par l'apesanteur et la rougeur quasi maladive de sa peau. Sa densitométrie osseuse demeurait toutefois correcte, de même que son déconditionnement cardiovasculaire, mais il était temps que tout cela s'achève, songeait-il. La station lunaire était désormais terminée, après trois mois d'un travail harassant, mais tout le monde semblait s'en foutre.

Certains jours, sur la Lune, il avait travaillé plus de douze heures d'affilée, s'appliquant à superviser les opérations d'assemblage, vérifiant la conformité des plans, contrôlant la qualité des soudures, veillant avec scrupule au respect des délais. Il ne se faisait toutefois pas d'illusions sur ce qu'il pouvait en attendre.

Evon, “le perpétuel second”, comme on le surnommait à la base. Pourquoi ne lui avait-on toujours pas confié ne serait-ce qu'un simple convoyage vers la station internationale pour tester ses aptitudes ? Le vaisseau-cargo LSAM semi-automatisé offrait pourtant une transition idéale pour tester les capacités des nouveaux postulants.

Cinq autres spationautes arrivés après lui à l'agence avaient depuis acquis le grade tant envié de commandant. Mais lui restait à l'écart, comme oublié. S'était-il trop compromis avec Aris ? Il le craignait à présent.

Quelques jours encore avant de rejoindre la Terre et se laisser conduire dans les couches de l'atmosphère, vers ses douloureuses interrogations de Terrien, avec cette confiance en soi ébranlée par leur faute, par ce doute que l'on avait jeté sur ses capacités à participer à une mission P1, une vraie mission d'exploration. La procédure était bien réglée : il suffirait ensuite de placer le vaisseau en mode de rentrée dans l'atmosphère et se laisser guider, une fois de plus, par la technologie. Mais la technologie ne pouvait rien contre le sentiment d'injustice, ni contre l'amertume des ambitions déçues…

Un son aigu d'une faible intensité l'arracha à ces pensées stériles. Il leva la tête. Le modeste voyant d'appel rouge venait de s'allumer. Sur l'écran émetteur s'affichait le visage vieillissant d'Aris.

Ce dernier avait désormais une fâcheuse tendance à l'appeler pour le moindre prétexte, comme ces patients grabataires qui, à l'hôpital, ne cessent de se plaindre, arrachent leurs perfusions, refusent de se nourrir, et accaparent à eux seuls par leurs caprices l'attention de tout un service. Qu'est-ce qu'il me veut encore ? pensa-t-il. Il supportait de plus en plus difficilement ses complaintes perpétuelles, ses manières obséquieuses. Il s'exécuta sans entrain et quelques minutes plus tard le retrouva dans le module de pilotage.

Rivé devant le pupitre directeur, le commandant l'accueillit en bougonnant :

— Le satellite *SOHO 2* vient de détecter une activité solaire anormale.

Evon s'approcha des témoins du contrôle de radiation et observa le défilement hiératique des points lumineux de la table d'analyse.

— “Champ magnétique solaire turbulent et instable”, lut le commandant à voix haute.

Les prévisions météorologiques spatiales avaient enregistré des progrès considérables au cours de la dernière décennie et rendaient très improbable un tel événement.

— Ils ont forcément tenu compte des données solaires pour programmer notre vol. Ça doit être une erreur de mesure.

— Non, mon gars, c'est pas une erreur… Une tempête solaire se prépare et nous allons y avoir droit. Tu vois, Evon, nous pensions être au bout de nos peines. Eh bien, nous nous sommes trompés. Des milliards de tonnes de plasma vont être balancées dans l'espace et nous allons nous promener là-dedans pour larguer leur putain de serveur. A coup sûr, les éjections de masses coronales vont provoquer de graves pannes sur nos réseaux électriques et peut-être même perturber nos communications. Nous sommes à la merci d'une panne technique de premier ordre…

Il secoua la tête devant l'alignement de diodes qui s'animait d'une frénésie croissante.

— Ils viennent de nous mettre dans un formidable pétrin. Il faut prévenir les autres.

Un nuage immense de poussière s'élèvera dans le ciel jusqu'à recouvrir la stratosphère. Une nuit funèbre commencera. Le Soleil se noiera dans une cendre crépusculaire.

Comment me convaincre que tout cela peut avoir une existence ? Comment croire que l'onde de choc projettera de l'air brûlant et sulfureux sur de telles distances ? Comment croire qu'à l'intérieur de ce cercle infernal, tout sera détruit, rasé, grillé ?

Je sais le mépris que tous me portent, y compris les personnels que je côtoie.

Tous semblent unanimes sur la nécessité de mon départ. Plusieurs élus de mon camp ont appelé à ma démission et réclamé des élections anticipées. Je ne suis plus apte à diriger, disent-ils. Trop atteint par le deuil qui m'a frappé. Trop malade. Trop fragile.

Tous disent que je n'ai pas su conduire les bonnes réformes. Tous disent que je me suis montré timoré, sans idée, sans projet. Que j'ai déçu leurs espoirs.

J'ôte ma robe de chambre pour enfiler un costume. Je m'apprête à les rejoindre. J'ajuste ma cravate sombre. Je m'abandonne à ton souvenir pour me donner du courage.

D'un pas lent, je rejoins mon médecin qui ne me quitte plus. Le palais présidentiel m'apparaît dans l'étrangeté de ses volumes à la fois amples et minuscules, les sons étouffés me parviennent, ajoutent à la sensation d'irréalité que j'éprouve à cet instant.

A l'extrémité du couloir, la salle de conférences. Le ministre de la Défense se tient face à la porte, un dossier sous le bras, l'air anxieux. Je lui serre la main. Ils vous attendent, me dit-il. Alors nous entrons.

Elias avait allumé un bâtonnet d'encens, l'avait fixé près de son collier en obsidienne, et avait sorti son moulin à prières rapporté d'un voyage dans les montagnes himalayennes. Il se prépara une tisane biologique aux herbes du fleuve Paraná, qu'il se servit dans un gobelet pressurisé.

Pour participer à ce vol, il avait dû modifier ses habitudes alimentaires, les diététiciens de l'agence spatiale lui ayant interdit de pratiquer son jeûne hebdomadaire du vendredi, mais il s'était plié aux exigences de la direction sans faire d'histoires. De toute façon, il était inutile de se soustraire à ses engagements : d'indiscrets capteurs médicaux installés dans les toilettes analysaient urines et matières fécales et dressaient un tableau de leurs données physiologiques transmis en temps réel à la base. Tout contrevenant s'exposait à de graves sanctions. On avait toléré ses cheveux mi-longs mais à la seule condition qu'ils soient attachés et ramenés en arrière.

L'astrophysicien était le plus croyant d'entre tous. Comme chaque jour, en milieu de journée, quelles que soient les circonstances et la charge de travail, cet homme d'une quarantaine d'années s'accordait dix minutes de méditation. Ses gestes étaient lents, il arborait un bracelet en tissu blanc tressé et une bague à chaque pouce, qui semblaient les attributs d'un mage.

Il regarda l'écran de contrôle et de positionnement où s'affichaient les données astrales. Près de son bureau amovible flottaient ensemble les trois grands textes sacrés, le Coran, la Bible et la Torah ainsi que *L'Enseignement du Bouddha* de Walpola Rahula, emportés sous forme de petits livres imprimés retenus par une lanière à une branche du ginkgo biloba, le plus vieil arbre connu au monde, fixé au sol dans un pot transparent.

L'astrophysique et la religion… Deux passions qu'il conciliait depuis l'adolescence. Deux savoirs qui semblaient se nourrir mutuellement. Dieu avait engendré la science et la science avait engendré l'astrophysique qui le reliait à présent à Dieu. Son CV rappelait qu'il était titulaire de deux doctorats, l'un d'astrophysique, l'autre en science de la spiritualité, auxquels il avait cru bon d'ajouter une maîtrise d'art religieux. Dans un contexte de tensions religieuses permanentes, son parcours atypique avait retenu l'attention des recruteurs de l'agence spatiale qui cherchaient à travers lui à lancer un message de paix. C'était de surcroît un homme brillant, ouvert, s'exprimant avec affabilité et finesse.

Il se propulsa hors de sa couchette et vint plaquer son visage contre la gaine faciale de confort. Celle-ci en l'espace de quelques secondes le rasa à la perfection, nettoya les cellules de son derme à l'aide de microfaisceaux, puis pulvérisa un jet d'ions relaxants et de particules hydratantes. Il déclencha l'ouverture de sa cabine. Dans l'encadrement apparut l'adjoint du commandant, l'air sombre.

— Aris veut te voir. On a reçu les derniers relevés de *SOHO*. L'agitation solaire est anormale. Ça paraît grave…

— On retourne se mettre à l'abri sur la station lunaire ?

Evon secoua la tête négativement.

— Le largage d'*Eternel* va s'effectuer comme prévu. Ils ne changent rien au programme.

L'adjoint du commandant s'éclipsa en donnant une impulsion de la main contre le montant de la porte et lança en s'éloignant :

— Ça te semble pas bizarre qu'ils aient rien vu ?

— Si, bien sûr, fit Elias en le regardant glisser dans le couloir un peu sinistre.

— Comment t'expliques ça ?

— Une mauvaise préparation sans doute. C'est incompréhensible autrement.

Jamais on n'avait vu les scientifiques négliger à ce point la sécurité d'un équipage. Il était de coutume d'effectuer une analyse prévisionnelle des évolutions solaires avant chaque mission et d'en transmettre les résultats au directeur de vol qui donnait ou non l'autorisation de départ. Il s'agissait d'une procédure ancienne, instituée après qu'un phénomène solaire gravissime avait mis en péril une mission lunaire, quinze ans plus tôt. De toute évidence, on avait négligé leur sécurité, pensa Evon. Il n'y en avait que pour *Mars Explorer*. La première mission vers Mars mobilisait toutes les énergies.

Jusque-là, l'agence spatiale avait toutefois eu la délicatesse de ne pas les abreuver d'images sur les préparatifs en cours. Des consignes avaient sans doute circulé. Ils avaient pu cependant mesurer avant leur départ l'hystérie ridicule déclenchée par la "mission Rouge". Déjà plusieurs curieux campaient jour et nuit aux abords du centre spatial, des familles se pressaient chaque week-end le long des grilles dans l'espoir d'apercevoir l'un des fameux spationautes promis à la gloire et à la postérité. A quel degré avait été portée la promotion de la grande aventure ? Cela devait dépasser l'entendement, songea-t-il avec amertume.

Evon ondula dans le long couloir interminable aux perspectives régulières dans lequel résonnait un concerto de Ravel. Comme d'habitude, un programme musical complet avait été élaboré pour accompagner la mission et rythmer les journées en l'absence de lever et de coucher du Soleil : grandes symphonies au moment du réveil, musique baroque ou impressionniste durant les heures d'activité, se faisant plus romantique ou intimiste pendant les repas, et le plus souvent quatuors à cordes ou concertos pour solistes pour clore les soirées. Pas moins de dix heures de musique classique quotidienne à l'exception de certains week-ends où une sélection de titres modernes était proposée.

L'adjoint du commandant s'enfonça dans le sas d'accès au module principal, où des lucarnes ovoïdes équipées de filtres denses orangés s'ouvraient sur le noir des ténèbres. Il songeait à la puissance létale du flux de particules et espérait que le blindage du vaisseau pouvait encore y résister. C'était le cinquième vol lunaire auquel ce vaisseau avait été soumis. La gaine de ventilation du plafond recyclait péniblement l'air froid du vaisseau. L'allée se trouvait éclairée de courtes tiges de lumière jaunâtre qui jalonnaient chaque intersection de marbrures un peu sales. Dans l'atelier de maintenance, il aperçut Alia qui manipulait sa petite caméra. Il n'y avait pas d'urgence à l'avertir mais puisqu'elle se trouvait là… Evon s'élança à l'intérieur de la pièce avec souplesse.

La jeune femme se trouvait penchée sur les capteurs qu'elle nettoyait précautionneusement. Il admira sa nuque gracile, l'implantation harmonieuse de ses cheveux. Sous le caressant mouvement de l'apesanteur, de fines mèches échappées de son chignon remuaient au-dessus d'elle comme des algues au fond d'un océan. Elle portait une combinaison grise à fermeture éclair remontée jusqu'au cou. Il n'était pas si courant d'embarquer une jeune femme à bord et encore moins une beauté aussi étrange. Il enviait son enthousiasme et son insouciance, le plaisir simple qu'elle éprouvait à participer à cette mission avec eux, insensible aux vexations qu'ils avaient tous pu subir. Sans doute fallait-il voir là l'assurance que lui conférait son statut. La nièce du directeur se savait protégée, presque intouchable, et à ce titre ne pouvait qu'échapper aux afflictions qu'ils subissaient, eux.

— Ça va, Alia ?

Elle se retourna, un peu surprise par cette présence soudaine qui flottait au-dessus d'elle, et lui adressa un sourire.

— Ça va.

— Alia, reprit-il avec sollicitude, on t'a sûrement expliqué que des types en bas surveillent les évolutions du Soleil... Des héliosismologues, ça te dit quelque chose ?

Elle acquiesça sans trop comprendre. Elle n'aimait pas sa façon de lui parler comme à une simple touriste et le pire, c'est qu'il semblait ne pas s'en rendre compte.

— Eh bien, ces héliosismologues ont fait une bêtise. Ils n'ont pas détecté une tempête solaire en cours de formation. Ce n'est pas forcément très grave. C'est juste un peu embêtant pour la suite de la mission. Ça va nous compliquer la tâche. Mais pour toi ça ne changera rien, sauf que la liaison avec la Terre sera perturbée. Tu ne pourras peut-être pas t'adresser aux écoliers.

Elle observa ce type un peu trapu aux cheveux roux et frisés, à la peau presque imberbe couverte de taches de rousseur, tenter de minimiser la gravité de l'incident et lui expliquer laborieusement en agitant ses longues mains qu'ils devraient maintenant effectuer certaines analyses de façon manuelle et qu'ils auraient peut-être un peu moins de temps à lui accorder. Au fond cela ne la gênait pas et elle n'avait pas peur. Au contraire, l'imprévu qu'engendrerait la tempête allait rendre ce voyage plus mémorable et passionnant encore, pensa-t-elle. Cela la faisait rire qu'on cherche à la ménager d'une pareille façon. Elle se sentait bien plus aventureuse et fougueuse qu'il ne semblait le penser.

Et puis elle n'aurait pas à participer à cette discussion hebdomadaire imposée dans le cadre du programme "Education et Espace", discussion qui s'apparentait de plus en plus à un calvaire. Car chaque semaine revenaient les mêmes questions. Sur le quetzal d'Amazonie, en particulier, sur lequel les écoliers voulaient tout savoir. Questions lancinantes auxquelles elle faisait presque invariablement les mêmes réponses, avec docilité, chaque semaine depuis près de quatre mois : oui, l'oiseau arrivait à picorer les graines qu'on lui donnait. Non, son mal de l'espace n'avait pas encore totalement disparu. Oui, il essayait de s'envoler. Non, il n'avait pas encore chanté. Elle ne pouvait s'empêcher de penser que tout cela constituait une perte de temps considérable, empiétant exagérément sur le temps consacré à son apprentissage.

A la mort de son père, elle avait grandi parmi des cousins qui l'avaient entraînée dans leurs jeux de garçons. Une enfance en plein air passée sur des terrains de football ou dans des friches industrielles pour chasser les vipères. Elle ne se sentait pas l'âme d'une pédagogue.

Avant de disparaître, l'adjoint du commandant lui demanda :

— Alia, ça te dérangerait de me rendre un petit service ?

— Non, bien sûr.

— Tu pourrais aller prévenir Lénine et Marx ? Ces deux-là, moins je leur parle et mieux je me porte…

Depuis le début de la mission, ces deux pilotes d'engin lunaire ne cessaient de lui faire subir un discret harcèlement, émettant un petit couinement humiliant et imbécile chaque fois qu'ils le croisaient dans un couloir, manière de lui rappeler le peu de considération dont ils l'entouraient. La raison en était simple : l'homosexualité supposée du numéro deux de mission qui vivait en couple, disait-on, avec le directeur financier de l'agence, aussi méconnu que détesté pour les coupes sombres pratiquées dans les effectifs et les budgets. Dans leurs activités de syndicalistes, Springer et Sorenson avaient fait de ce technocrate vêtu d'un costume strict, arborant toujours un nœud papillon fuchsia, la cible de communiqués internes virulents, considérant que le métier de spationaute ne pouvait seulement s'appréhender à travers la colonne des dépenses d'un bilan comptable.

Alia pénétra bientôt dans la salle d'entraînement. D'une faible impulsion de la main elle se propulsa vers la lucarne opposée. Lorsqu'il la vit, Sorenson, qui était sanglé sur le tapis en téflon, sembla se réjouir et redressa sa tignasse blonde :

— Tu viens t'entraîner avec nous ?

Il avait travaillé ses dorsaux durant une bonne heure pour entretenir une musculature que l'apesanteur s'ingéniait à altérer.

Elle alla coller son nez au hublot et sembla se parler à elle-même.

— On ne voit rien, mais ça ne veut rien dire, j'imagine.

— Tu parles de quoi, princesse ?

— Une tempête solaire se prépare. Le commandant veut vous voir.

Dans le coin opposé de la pièce, Springer, grand type maigre à l'oreille percée d'un anneau et au petit bouc sur le menton, tirait en grimaçant sur les extenseurs pour fortifier ses avant-bras. Il était pieds nus comme à son habitude.

— Dis-lui d'aller faire une sieste, au commandant suprême de la galaxie, ricana-t-il.

— Il vous attend, se contenta-t-elle de répondre en s'éclipsant aussitôt.

Pour ne pas s'exposer à leurs assauts déplacés, Alia avait pris soin de n'emporter avec elle aucun vêtement qui mette trop en avant les courbes de sa féminité, comme le lui avait conseillé un des techniciens de la base. C'est pour cette même raison qu'elle avait choisi de ne jamais se maquiller durant les trois mois de mission.

— Sacrément bien foutue, commenta Sorenson, après qu'elle fut sortie. Qu'ils me fabriquent son clone si l'originale ne veut pas de moi...

Les supputations allaient bon train au sujet de la jeune femme depuis qu'on avait appris qu'une expérience génétique avait été conduite dans l'espace sur des embryons, vingt-cinq ans plus tôt, grâce à une dérogation obtenue auprès du ministère de la Recherche avec l'aval d'un comité éthique. L'identité des quatre personnes issues de ces modifications du code ADN n'avait jamais filtré, mais l'on avait appris récemment que les donateurs provenaient eux-mêmes du milieu spatial. Une rumeur curieuse s'était développée à la base, laissant entendre qu'Alia, âgée d'un quart de siècle et dont l'oncle avait à l'époque la charge du programme d'études biologiques, était le produit d'un de ces embryons au code modifié. On disait même qu'on avait cherché à atteindre avec elle une perfection esthétique, rumeur qui en l'absence de démentis des principaux intéressés ne faisait que s'amplifier.

Il est vrai qu'il y avait dans l'ovale harmonieux de son visage, dans sa peau aux joues bien rosées, ses cils très longs, son front un peu bombé, quelque chose qui plaisait à tous et, de ce fait, pouvait éveiller la suspicion. Elle ressemblait à une poupée de cire, conçue pour émouvoir, mais incapable d'éprouver la moindre émotion, un visage un peu factice, des traits plaisants mais avec quelque chose d'inexpressif et des mains puissantes, presque masculines, menaçantes.

Sorenson se laissa dériver sur le dos, déployant sa longue carcasse dans une attitude de parfaite détente, au-dessus du vélo d'entraînement, avant de se réprimander aussitôt :

— Pas question que je m'en approche. Ça va encore m'attirer des emmerdes…

Son ami Springer examinait le tatouage en partie effacé sur son épaule osseuse, souvenir de son premier vol spatial, où Saturne et son anneau surgissaient en un flamboyant soleil. Il partageait le même point de vue sur les qualités physiques de la nièce du patron.

— Je l'ai aperçue l'autre jour dans le module d'analyse, penchée sur les écrans à vérifier je ne sais quoi, confia-t-il. Je l'ai reluquée un bon moment sans qu'elle se rende compte de rien. Je passerais bien une nuit dans sa cabine, rien que pour voir à quoi ça ressemble, une créature de l'espace… Je crois que je vais tenter ma chance d'ici peu.

— Le problème, mon pote, c'est qu'elle a déjà une liaison avec le commandant.

— Tu déconnes ?

Sorenson abandonna les extenseurs et s'éloigna vers les instruments de mesure physiologique.

— Je t'assure, je les ai observés. Je ne sais pas. J'ai un sixième sens pour ce genre de truc.

— Franchement explique-moi ce qu'elle irait foutre avec lui.

— Tu connais sa réputation…

— Arrête, je suis déjà assez énervé comme ça.

Sorenson commenta à voix basse, en souriant :

— Imagine la gueule du directeur s'il apprend que le vieux s'envoie sa nièce…

— Et, pendant ce temps-là, nous on est juste bons à assembler les modules lunaires et fermer nos gueules, enragea Springer en empoignant le tube de réhydratation. Encore quelques semaines de ce régime, et moi, franchement, je pète un plomb.

Il but une gorgée puis enfourcha la bicyclette, plaça ses pieds dans les étriers et commença à pédaler pour évacuer sa colère naissante. Il fit défiler devant lui des paysages martiens qui semblèrent le laisser indifférent : plateau cratérisé basaltique de Xanthe Terra, vallée ramifiée de la région de Cerberus au sud des volcans d'Elysium, vallée de débâcle près de Chryse Planitia, dôme de Tharsis et bassin d'Hellas aux vastes canaux et coulées de lave.

— Je te le dis, moi, leurs grands projets d'exploration, ils pourraient bien un jour finir en catastrophe s'ils continuent à nous traiter comme ça.

— Calme-toi, l'ami. Tu parles trop fort…, lui glissa Sorenson.

Ce dernier soupçonnait l'agence d'espionner les conversations à bord. Mieux valait se montrer prudent.

— Il est, je crois, de la responsabilité d'un chef de l'Etat de ne rien cacher aux citoyens même lorsque la vérité peut faire surgir de profondes et légitimes inquiétudes... Comme vous le savez depuis quelques jours, un astéroïde se trouve actuellement sur un axe de collision avec la Terre. Sa dimension nous fait craindre un choc d'une violence considérable. Il s'agit d'un phénomène spatial exceptionnel.

J'invite d'un geste à s'avancer dans la lumière l'un des responsables de l'agence spatiale, qui se tient jusqu'alors en retrait derrière les caméras. Il se faufile parmi mes conseillers pour me rejoindre.

Il s'éclaircit la gorge et, sur un ton se voulant très formel, un peu raide, donne de plus amples détails tandis qu'une animation multimédia est diffusée à côté de nous.

— Les clichés qui nous sont parvenus montrent une météorite composée de basalte, une chondrite ordinaire, faite de roches silicatées et carbonées. Il s'agit d'une météorite de grande taille, un "planétésimal" métallifère, dont la vitesse s'est accélérée fortement sous l'effet de puissantes forces gravitationnelles. Sa longueur est, selon les derniers calculs, d'environ neuf kilomètres de long sur quatre de large.

Sur l'une des images projetées à l'écran, on découvre une météorite assez effrayante, une masse inerte de couleur grise, irrégulière, marquée de cavités sombres et de zones planes durement éclairées.

Bien sûr surgit l'inévitable question de ceux qui voudraient m'accuser là encore d'incompétence : n'aurait-on pas pu la détecter plus tôt ?

Le scientifique rappelle d'un ton docte qu'il existe des sources régénérant de façon permanente la population de ces météorites.

— Le programme Spaceguard nous a permis d'identifier la quasi-totalité des géocroiseurs de plus d'un kilomètre qui évoluent entre Mars et Jupiter. Nous en avons recensé très exactement 1 049. Cette ceinture d'astéroïdes est la zone principale où se trouvent les météorites de notre galaxie. Cependant elle n'est pas la seule pourvoyeuse de menaces. Il existe la ceinture de Kuiper et, dans une moindre mesure, le nuage d'Oort, aux limites du système solaire. Cette dernière région, qui se trouve à des milliers d'unités astronomiques, contient un grand nombre de noyaux de comètes dites de périodes longues. C'est de là que proviendrait la météorite qui nous préoccupe. Elle évolue sur une orbite hyperbolique, ce qui la rend difficilement observable, et se déplace à plus de quarante kilomètres par seconde. Des perturbations gravitationnelles ont sans doute modifié récemment sa trajectoire.

— Est-ce que cet impact est encore évitable ?

— Cette météorite étant formée de deux blocs rocheux accolés, elle semble instable. Il est donc possible que sa trajectoire soit altérée au cours des prochaines heures. Mais, pour le moment, il nous faut admettre que le risque de collision est très élevé.

Lorsque huit des neuf spationautes furent réunis dans le module de pilotage, le commandant prit la parole.

— Le mépris dans lequel nous tiennent les types en bas est tout bonnement incroyable ! Une tempête solaire se développe. Elle nous a déjà fait perdre à deux reprises le signal avec la base. La communication semble désormais très aléatoire. Et ce n'est que le début…

— La fin de la mission n'a aucune importance stratégique pour eux, répliqua Springer d'un ton résigné. Tout est prêt pour *Mars Explorer.* On a déroulé le tapis rouge. Pour eux, c'est bien l'essentiel.

Sorenson, l'index barrant ses lèvres, lui fit comprendre toute l'imprudence qu'il y avait à s'exprimer ainsi à haute voix. Son compagnon haussa les épaules avec détachement. Il ne se faisait pas d'illusions sur la façon dont les responsables au sol pouvaient encore le considérer. Le commandant lui apporta son soutien avec exaspération :

— On se fout de ce qu'ils peuvent penser ! Ils peuvent bien écouter ce que nous disons. En ce qui me concerne, j'ai décidé de ne plus me taire. Il y en a marre de trembler devant ces gugusses encravatés qui ne connaissent rien au métier. Excuse-moi, Alia, mais c'est la vérité. De toute façon, c'est ma dernière mission, inutile de me bercer d'illusions. Ils n'ont pas l'intention de me faire repartir. Place aux plus jeunes ! Place à ces messieurs les grands explorateurs ! Alors, tant qu'à faire, autant dire ce que l'on a sur la patate.

Il respira pleinement comme pour tenter de garder le contrôle de son ressentiment, et reprit d'un ton moins aigre :

— Vu ce qui se prépare, le largage automatique du serveur *Eternel* est compromis.

— Ben, au moins, comme ça on sera plus vite rentrés à la maison, rétorqua Springer.

— Non, car cela provoque des sueurs froides chez notre directeur de mission. Et tu sais pourquoi ?

— Ils ont peur pour notre sécurité ? intervint Alia.

Le commandant sourit avec indulgence.

— Tu n'y es pas du tout, ma petite... Ils ne veulent pas le moindre retard de planning avant *Mars Explorer*. C'est leur unique souci, le seul.

Il se tourna vers les autres :

— Donc figurez-vous que notre cher responsable de mission exige maintenant une sortie dans l'espace. Les ingénieurs craignent des perturbations au moment du largage du serveur à cause d'un défaut de conception qu'ils n'ont pas voulu me préciser, à croire qu'ils ne veulent pas m'affoler davantage. Ils vont désigner l'un d'entre nous pour sécuriser cette opération. Je vous communiquerai son nom demain matin.

— C'est risqué ? demanda Elias, en suçotant ses habituelles pastilles au gingembre.

Le commandant secoua la tête.

— D'après eux, rien à craindre. Nos scaphandres sont suffisamment blindés pour nous protéger des protons à haute énergie. Le directeur de vol m'a d'ailleurs bien fait comprendre qu'il serait de toute façon malvenu de se plaindre et qu'on avait là l'occasion de briller à peu de frais, car ils ont apparemment décidé de communiquer beaucoup sur ce largage.

— C'est-à-dire ?

— L'agence spatiale veut faire monter la mayonnaise autour de cette tempête. C'est de bonne guerre avant le vote du budget. Ils vont donc exagérer le danger pour se valoriser et tenter d'obtenir des crédits supplémentaires sur notre dos. Nos dirigeants ont de l'expérience dans ce domaine, on peut leur faire confiance. Bref, une belle opération de communication est en train de se mettre en place. Tout ce que nous avons fait avant, ils s'en contrefoutent. C'est sur ce largage qu'ils vont nous juger.

— Et, si le largage réussit, qu'est-ce qui va se passer ? demanda Springer.

— Springer, fit Aris d'un ton presque paternel, tout en lissant d'une main ses cheveux blancs sur le côté, pas besoin d'être un grand psychologue pour deviner que, si le patron est satisfait, la récompense viendra. Inévitablement. Pas pour moi, mais pour celui qui aura rendu ce service. C'est comme ça que ça marche désormais dans cette boîte, tu le sais aussi bien que moi.

A ce moment-là, Felten qui manquait encore à l'appel fit son apparition. Les autres spationautes s'interrompirent pour l'observer durant quelques secondes. Il se propulsa à travers le volume avec une certaine désinvolture.

— Et si on valorise autant un spationaute dans les médias, reprit le commandant, quelque peu déstabilisé par cette intrusion, si on raconte en long et en large comment il a accompli un véritable exploit, au mépris du danger, et comme il lui a fallu un exceptionnel courage pour réaliser cela, bref, ce genre de conneries, alors comme par magie, vous verrez, on ne pourra plus se passer de ses services. Autant dire que ce petit veinard aura de fortes chances de sortir pour de bon du placard et de décrocher sans tarder sa carte d'embarquement pour une mission P1…

Un frisson d'excitation parcourut la pièce. Dans les dix années à venir, huit missions P1 à destination de la planète Mars étaient programmées pour installer une base permanente sur la surface martienne dans Valles Marineris à l'horizon 2057. *Mars Explorer* serait la première d'entre elles.

— T'es sûr de ça ? questionna Sorenson. On a une chance de participer à une P1 ?

— Pas "on", mais l'un d'entre nous, oui. Ça tombe sous le sens. Réfléchis un instant, mon ami…

Springer cligna des paupières avec incrédulité.

— Donc l'un d'entre nous marchera un jour sur la planète rouge ?

Le commandant acquiesça avec assurance :

— C'est presque sûr maintenant…

Ce soir-là, à bord de *Lunar 5*, chacun vaqua à ses occupations et, en dépit de la tempête qui s'annonçait, une euphorie inaccoutumée s'empara du vaisseau.

Motivés par les perspectives d'une participation à une mission martienne, Sorenson et Springer déployaient d'inattendus efforts, évoluant dans la réserve pour ranger les outillages utilisés sur la station lunaire, tâche qu'ils avaient maintes fois repoussée malgré les récriminations répétées du technicien de bord Trapani, qui se chargeait de veiller au bon entretien des matériels.

Le commandant avait cru leur annoncer une mauvaise nouvelle, mais c'était au contraire un programme plus que réjouissant qu'il leur faisait entrevoir.

Qu'importe, pensaient-ils, si ce vaisseau obsolète les avait conduits ici, qu'importe si le mépris avait nourri en eux tant de ressentiments, qu'importe s'ils avaient dû encaisser tant d'humiliations et de contrariétés, puisqu'ils pouvaient espérer encore échapper à l'avenir mortifère qu'on leur destinait. Rien n'était perdu puisque de nouveau on s'intéressait à leur sort à la faveur de cette tempête qui s'annonçait.

Les météorologues de l'espace, chargés de sonder et d'anticiper les éruptions du Soleil, n'avaient une fois de plus rien vu venir, et les ingénieurs avaient développé un serveur qui comportait un défaut de conception dans la phase de largage. Mais, dans le cas présent, leur commune incompétence était une bénédiction, une formidable bénédiction qui offrirait peut-être l'aubaine d'une seconde vie, d'un inespéré retour en grâce. Les pères des deux pilotes d'engin lunaire avaient été des spationautes respectés au sein de l'agence mais leurs fils peinaient à se montrer à leur hauteur.

Sorenson pensait que sa désignation serait la meilleure façon de relancer son syndicat et de regagner la confiance perdue à l'égard du personnel. Il pourrait ensuite prendre la parole en assemblée générale sans subir d'insupportables sifflets, comme cela avait été le cas la dernière fois. Des femmes surtout, ingénieurs, secrétaires, administratives ignorantes, se souvenait-il, qui s'étaient liguées contre lui pour mieux l'humilier en public après cette malencontreuse affaire de harcèlement à l'égard d'une intérimaire.

Tout en replaçant dans les gaines appropriées les éléments d'une même nature (poutres, rivets, glissières, etc.) du module logistique polyvalent, son complice Springer ressassait à haute voix les avantages financiers accordés aux missions d'exploration : des émoluments mensuels qui doubleraient, des primes exceptionnelles, 1 % sur les licences des produits dérivés, 0,4 % sur les cessions audiovisuelles. Sans compter les conférences, les multiples projets personnels et la reconnaissance propre qui en découleraient...

Depuis la salle de pilotage, le commandant Aris entendait des éclats de voix et des rires, surtout celui d'Alia, cristallin, qui l'horripilait. Au côté du biologiste Chang et de Felten, elle assistait aux hilarantes imitations du technicien Trapani qui déambulait dans le couloir à la façon des principales figures de l'agence.

Plus d'une fois Alia s'était dérobée au commandant après qu'il l'avait convoquée sous des prétextes fallacieux dans le seul but de la séduire. Il avait même une fois refermé sa main sur sa cuisse, mais elle avait repoussé cette audace en souriant gentiment, sans doute de peur de le vexer, et il avait cru lire dans ce sourire, dépourvu de reproches, l'aveu d'un demi-consentement. Le soir même, au cours du dîner dans la station lunaire, submergé de pensées obscènes, et brûlant d'un désir violent, il avait entrepris un nouvel assaut, sans que personne s'en rende compte, l'obligeant à quitter la pièce, arguant qu'elle n'avait plus faim.

Les relations sexuelles étaient bien entendu proscrites à bord, mais son désir et son dépit étaient tels qu'il ferait fi des obstacles réglementaires, pensa-t-il. Et certes il y aurait aussi dans cet acte une vengeance à l'égard de l'oncle de la jeune femme, et le plaisir n'en serait que plus intense...

Il était tard, et il n'avait pas sommeil. Il n'avait pas non plus envie de se soumettre à une analyse des transmetteurs cérébraux ou à une régulation hormonale pour neutraliser son désir. Il s'infligea une partie de solitaire et un black-jack sur son ordinateur. Puis admira avec une vague tristesse l'écran de *SOHO*, où le Soleil, décrypté par l'ordinateur, s'animait de mystérieux élancements, dessinait dans ses couches internes un réseau de formes complexes et fluctuantes. Les soubresauts des courbes spectrales soulignaient les agitations de la chromosphère, retranscrivant les mouvements préoccupants d'un "magma" fluide sous-jacent qui en réalité n'était constitué que de gaz.

Il chassa les pensées indociles qui affluaient dans son cerveau et tenta de repousser en vain la lente et profonde affliction qui le gagnait. Il ne fit rien pour retenir un pet qui résonna dans l'habitacle et donna la juste mesure de son dépit.

Aris supportait de plus en plus mal les désagréments de la vie en apesanteur. Mais les dérèglements gastriques et les odeurs de macération n'étaient rien en comparaison des décisions irréfléchies de cette direction ; de l'odieuse connivence de certains astronautes avec les membres du directoire, et de leurs rodomontades insupportables dès qu'ils se savaient protégés. Sans parler de cette dérive morale et sournoise qu'il voyait partout, qu'il croyait lire dans chaque attitude, chaque décision, chaque nomination, cette culture du clan, des petits copains d'abord, qui tenait lieu de mode de fonctionnement, cette collusion répugnante et injuste érigée en principe de management. Il regrettait les temps passés, l'ancienne direction à ses yeux bien plus intègre, qui savait juger les personnes à leur juste valeur. La preuve, elle avait fait de lui un commandant…

C'était curieux aussi comme les années avaient altéré son succès auprès des femmes. Dans les couloirs, les regards féminins n'étaient plus les mêmes, ils se détournaient plus rapidement de lui, ils le considéraient d'une façon neutre, objective, froide, comme s'il s'agissait d'une chose, d'un élément du décor, d'une donnée à prendre en compte et à traiter avec professionnalisme, mais sur laquelle on ne projetait rien qui pût ressembler à un sentiment. Son isolement dans l'agence avait semblé anéantir chez lui toute forme d'attrait. C'était plus probant encore avec les plus jeunes d'entre elles dont il ne parvenait plus à capter l'attention. Dans leur arrogante vitalité, ces êtres virevoltaient autour de lui, ignorant l'homme qu'il pouvait être et ce qu'il pouvait ressentir à leur égard, ce qu'elles pouvaient éveiller en lui, et s'en désintéressant.

Oui, le déclin était bien engagé. Qu'en serait-il alors dans quelques mois lorsque, du fond de sa retraite, il n'aurait plus comme seule et unique perspective que la réunion mensuelle des anciens de l'agence spatiale où l'on ressasserait les mêmes sempiternels souvenirs, les mêmes dérisoires exploits qui n'intéressaient plus personne, dans un groupe chaque fois un peu plus décimé ? Les techniciens émettraient des jugements définitifs sur les difficultés du superstatoréacteur dans le haut hypersonique comme si leur avis avait encore une quelconque importance.

Le commandant se souvint que la dépression était fréquente chez les spationautes après trois mois de mission, et il lui sembla pour la première fois qu'il pouvait y céder. "Tu vas voir qu'ils vont le désigner, lui", pensa-t-il, un peu écœuré. A leur imprévoyance coupable, qui les avait placés en difficulté, à ces manœuvres budgétaires ou de basse politique auxquelles on les associait, il les devinait capables d'ajouter une nouvelle injustice : désigner pour le largage ce type dont il n'avait pas voulu.

Puis il consulta sur l'ordinateur pour la énième fois la fiche technique de Felten : cinq sorties dans l'espace entre 2036 et 2043 – réparation de deux antennes, réparation du télescope Observer, réparation du sas endommagé de la station internationale, réparation de tuiles thermiques, et réparation d'un canal de fibre optique rompu.

Si on l'avait choisi pour dévoiler cette plaque commémorative sur la station lunaire, on pouvait tout aussi bien lui offrir à présent ce splendide largage. "Tout ça pour m'humilier davantage", songea

Aris pour qui l'affront était immense. Tout ça sans doute parce que le directeur n'avait pas apprécié qu'il ose contester son choix et s'oppose à la venue de ce spationaute controversé.

Lorsque le technicien Trapani passa devant la salle de commandement, vers 23 heures, lors de sa dernière tournée d'inspection, il trouva un commandant parfaitement réveillé qui l'interpella d'une voix rêche.

— Trapani, viens là ! J'ai une nouvelle à t'annoncer.

Le technicien s'avança vers lui, un peu surpris. Il perçut dans le regard d'Aris un peu de malice teintée d'une certaine arrogance.

— T'es le premier à qui je le dis, ajouta le commandant, énigmatique.

— Quoi ?

Son visage prit soudain un air plus grave et solennel.

— Je vais présenter ma candidature à la tête de l'agence.

Le technicien de bord resta silencieux, un peu abasourdi par cette décision. Le renouvellement du poste d'administrateur de l'agence aurait lieu dans six mois et la prolongation du mandat de l'actuel directeur ne semblait faire aucun doute.

— Il y en a marre de ces types qui font n'importe quoi. Regarde ce qui se passe avec nous. Il est temps que l'agence soit dirigée par un spationaute qui comprenne notre métier, tu penses pas ?

— Si, ça serait mieux, balbutia distraitement Trapani en fouillant dans la petite sacoche en cuir brun fixée à sa hanche, qui contenait quelques outils indispensables, un tournevis cruciforme, un capteur de mesures différentielles, un testeur électrique, quelques diodes de rechange, ainsi qu'une poche transparente de fruits secs.

Le technicien se dirigea vers la porte.

— Tu crois qu'ils peuvent désigner Felten pour ce largage ? lança le commandant comme pour le retenir.

— Oui, c'est possible.

— Ça serait scandaleux.

— Je vais faire ma tournée et aller me coucher, se contenta d'ajouter le technicien avant de disparaître.

Aris resta seul un long moment à ruminer le manque d'entrain dont avait fait preuve son fidèle technicien qui avait partagé avec lui pas moins de sept missions. Pourtant, n'avait-il pas contribué à le faire embaucher à l'agence, trente ans plus tôt ?

Le commandant ne put s'empêcher de penser qu'il l'avait lâché lui aussi.

Que pouvons-nous faire ? Rien. Voici la désespérante réponse que nous donnent les responsables de l'agence spatiale et les spécialistes en astrophysique. Face à une menace d'une telle ampleur, nous sommes absolument démunis. Il n'y a rien à faire pour écarter cet astéroïde.

Avec mes conseillers, durant toute la soirée, nous passons en revue les possibilités qui s'offrent à nous. Une inaction prolongée serait intolérable. Sans parler du risque politique qu'elle nous ferait courir si finalement l'astéroïde nous épargnait : la population nous reprocherait de n'avoir pas agi. Nous devons proposer des initiatives. Proposer une solution, entretenir l'espoir. Seule certitude, nous ne sommes pas dotés d'une arme de portée suffisante pour atteindre avec précision cet astéroïde. Une mission lunaire est actuellement en cours. Pourrait-elle intervenir pour l'écarter ? Le directeur de l'agence spatiale m'indique que la distance entre la mission Lunar 5 *et cet astéroïde est bien trop grande et rend impossible toute intervention. D'autre part, le vaisseau n'est pas équipé d'un bras télescopique.*

Je réfléchis et prends néanmoins le parti de jouer cette carte : ces hommes vont tenter une opération de la dernière chance pour modifier la fatale trajectoire. Tout du moins ce sera la version officielle car ces spationautes ne feront rien.

Devons-nous les prévenir ? Le directeur de l'agence spatiale me suggère de ne pas les perturber avec cela. "Cette mission entre dans une phase importante. Il faudrait si possible veiller à ne pas interférer tant qu'elle n'aura pas rempli ses objectifs propres." Je suis de son avis. "Si vous en êtes d'accord, nous leur expliquerons tout cela à leur retour, propose-t-il. Si jamais nous survivons... D'ici là, ils ne sauront rien, car la communication avec eux va être coupée..."

Trapani alla chercher la nièce du directeur pour effectuer avec elle sa dernière tournée d'inspection. Ils testèrent ce soir-là ensemble les circuits imprimés du module d'analyse : deux d'entre eux donnaient des signes de fatigue. Leur usure avait été plus rapide qu'à l'accoutumée. Trapani lui montra comment consigner cette anomalie dans le rapport technique. Dans la case "Remarques", il ajouta : "Effet des radiations électromagnétiques reçues à la surface de la Lune ?" Il souhaitait apporter un semblant de réponse aux ingénieurs de la base. Il proposait une piste. Il savait que la panne n'était pas grave : chaque équipement était doublé et la pression de rayonnement n'avait pu endommager l'ordinateur central, ni le groupe propulsif. Il voulait surtout que l'on dise de lui qu'il avait réalisé là-haut du très bon boulot et que la nièce du directeur soit là pour en témoigner. "A effectué ce qu'on attendait de lui avec grande rigueur et scrupule." Il fallait que cette phrase apparaisse dans son dossier à l'issue du vol, sésame pour un nouveau départ.

Le technicien de bord connaissait mieux que quiconque le vaisseau. Il le connaissait dans ses moindres détails, dans ses moindres failles, ses usures prématurées, ses défauts mineurs de conception comme s'il en avait été lui-même l'architecte. Il avait vieilli dans ces longs couloirs et éprouvait un attachement viscéral pour ces modules familiers et leur disposition singulière, leurs lumières bleutées. Il connaissait le réseau de câblage de tous les équipements, de même que la disposition de chaque capteur thermique du manteau ablatif, et se vantait de pouvoir dessiner les yeux fermés le tracé de l'ensemble des circuits de recyclage et d'oxygénation. Pourtant, malgré ces prouesses, on lui avait trouvé un remplaçant à l'aube de la grande campagne d'explorations.

Il n'avait jamais vu encore celui qui allait lui succéder mais il parvenait à se l'imaginer très bien. Un bloc compact, profilé et mobile, bourré de nanotechnologies et de micromécanique. Les performances de l'engin étaient impressionnantes, disait-on – cette merveille pouvant assurer une sécurité inégalée à l'équipage durant le long voyage grâce à une capacité d'analyse hors norme et une gamme de senseurs innovants. Chaque fois qu'il avait voulu voir son rival au centre de technologie avancée, il s'était vu barrer l'accès au motif qu'il n'était pas habilité à accéder à cette zone stratégique où étaient conçus drones et robots.

Tandis qu'ils avaient pris le chemin du module privé, Alia lui demanda :

— Tu crois qu'ils vont désigner Felten pour ce largage ?

— J'ai un peu tendance à le penser, mais on verra.

— Tu crois que c'est pour énerver le commandant ?

— Non, je ne pense pas.

Il hésita à l'informer de la décision d'Aris de présenter sa candidature face à son oncle, mais jugea préférable de ne pas la lui annoncer.

Ils passèrent devant la cabine d'Elias.

A l'intérieur, l'astrophysicien s'était mis torse nu. Après avoir enfoncé son tee-shirt dans l'alvéole nettoyante pour y détruire les bactéries et réactiver les fibres odorantes du tissu, il s'était approché du hublot équipé de puissants filtres pour regarder au-dehors. Elias ressentait la chaleur des rayons lumineux provenant de cette nuit étrange. Il lui semblait percevoir, dans cet espace que brassait une infinité d'étoiles, comme une pulsation infime, secrète, surgie des profondeurs environnantes. Pouvait-on trouver plus magnifique symbole que ce serveur ? plus religieuse et symbolique action qu'un tel largage ? Il regardait ses bagues qui brillaient sur ses mains, telles des étoiles incandescentes.

Durant plus d'une année, une cinquantaine de personnes avaient travaillé activement à la hiérarchisation de connaissances pour le programme "Eternel". Réunies dans le grand bâtiment des archives nationales, elles avaient – disait-on – trié la plus grande source de savoirs jamais rassemblée. Toutes les institutions, toutes les grandes bibliothèques, tous les musées, les universités, les médias, toutes les grandes sociétés publiques ou privées, les moteurs de recherche Internet, tous les organismes scientifiques avaient été sollicités et invités à signer une convention de sauvegarde du patrimoine universel par laquelle ils s'engageaient à transférer gratuitement toutes les données en leur possession, tous leurs fichiers numérisés. Des milliards de documents, de livres, de films, de vidéos, de photos, de sons avaient été analysés puis injectés dans le serveur *Eternel*. L'histoire des hommes et de la Terre, telle que nous la connaissons, dans sa richesse et sa complexité, l'histoire des peuples, des arts, de l'environnement, la faune, la flore, l'histoire des continents, l'histoire des sociétés à travers les âges, des modes d'organisation, de la vie économique, de la médecine, des loisirs, des familles, tout était rassemblé là, dans une tour de Babel moderne et métallique, à la forme oblongue et profilée, longue de trente mètres, large de vingt. Un vaisseau prodigieux de savoir destiné un jour à se perdre dans les abysses célestes. Mémoire humaine mise à l'abri d'une folie destructrice, d'un cataclysme imprévisible et irréparable.

Elias ressentait une fierté étrange à l'idée qu'il puisse être désigné, lui, pour ce magnifique largage. Ce serait une expérience spirituelle, voire métaphysique, d'effectuer cette mission, lui qui n'avait jamais réalisé de sortie spatiale. Mais ce n'eût été que justice, pensa-t-il, après les efforts déployés pour superviser les données religieuses accumulées dans le serveur.

Etre celui qui placerait le serveur dans le vide stellaire, sous l'œil captivé des caméras du monde entier... C'était un geste, à bien y songer, d'une beauté sublime, d'une pureté grandiose : la main de l'homme, ouverte, tendue, libérant tout ce que l'espèce humaine avait accompli depuis quatre millions d'années, comme une offrande émouvante et solennelle, une bouteille à la mer, message vers l'inconnu, vers le divin, l'éternité...

Le lendemain, l'adjoint du commandant se leva plus tôt qu'à l'accoutumée, vers 6 h 30, impatient de savoir qui l'agence spatiale avait bien pu désigner pour ce largage. Il savait qu'il avait de bonnes chances. Le moment de prendre ses distances avec Aris était peut-être enfin venu. Avant de sortir, Evon alluma son simulateur de vol, s'obligeant à effectuer le même sempiternel amarrage à l'avant-poste orbital de la station lunaire à des fins d'entraînement.

Il quitta sa cabine et progressa avec agilité, tête la première, dans le couloir encore silencieux, donnant de petites impulsions sur les parois pour se mouvoir.

Dans quelques jours, on célébrerait à bord son quarante-troisième anniversaire et il ne pouvait s'empêcher de penser qu'on lui ferait peut-être le plus beau des cadeaux. L'agence spatiale aimait ce genre de coïncidence de calendrier. Sa date de naissance, c'était peut-être sa meilleure chance d'être choisi.

Lancé à allure régulière, il emprunta le long dédale de galeries et de modules reliés par d'étroits corridors, traversa le "tunnel de lumière", translucide et ouvert sur le cosmos. Sans doute le commandant dormait-il encore et il découvrirait à sa place les derniers messages envoyés par la base, parmi lesquels figurerait peut-être le nom de l'heureux élu...

Il existait des accès rapides et sécurisés aux ordinateurs de contrôle d'orientation ainsi qu'au serveur central, mais il préféra emprunter le trajet habituel, histoire de ne pas déroger à la contrainte qu'il s'était imposée, et de s'assurer au passage que tout allait bien. Tout était paisible dans le vaisseau. Evon venait de s'éloigner du renfoncement qui permettait d'accéder à la salle des repas lorsqu'il s'engagea dans un coude assez prononcé qui débouchait sur le couloir principal. Il s'y propulsa sereinement, avec fluidité, lorsque soudain il eut comme un mouvement de recul. Il s'immobilisa. Devant lui, au milieu de cette section métallique fortement éclairée, flottait en apesanteur un petit corps aux grands yeux effrayés. "Qu'est-ce qu'elle fait là ?" Il s'avança, saisit le petit reptile marbré de jaune, le mit sur le plat de sa main et prit la direction du laboratoire pour s'assurer que tous les animaux s'y trouvaient bien et remettre sans tarder la salamandre sous sa cloche hermétique. En apprenant la nouvelle, le commandant à coup sûr entrerait dans une colère froide et convoquerait immédiatement l'ensemble des spationautes dans la salle de briefing. L'incident était très grave. Les instructions étaient claires à ce sujet. Les animaux ne devaient en aucune manière quitter la salle d'expérimentation stérilisée. Celui qui avait commis cette négligence s'était conduit de façon irresponsable, en compromettant les résultats. Sans compter qu'il était formellement interdit d'entrer en contact avec ces animaux pour des raisons de sécurité épidémiologique. Le commandant annoncerait qu'une enquête interne serait ouverte, avec les conséquences que l'on pouvait imaginer, car il serait tenu de signaler cet incident à la base. De tels agissements étaient passibles d'une procédure disciplinaire, voire d'une exclusion de l'agence spatiale. Il fallait s'attendre à passer une sale journée. Une de plus...

Le "rouquin de l'espace", comme le surnommaient Springer et Sorenson, suivait le long couloir dans sa combinaison bleue très soignée, avec le petit reptile qui se contorsionnait désagréablement dans sa main. Le bruit des ventilateurs de refroidissement semblait ici plus présent et la musique classique diffusée dans tout le vaisseau lui paraissait lointaine, à peine perceptible. Dans le couloir principal qui s'évasait au point de jonction des coursives secondaires, son regard se porta vers la salle de commandement habituellement déserte à cette heure matinale, où il crut pourtant entrevoir la silhouette d'Aris. Cette vision fugace éveilla son attention. Le commandant n'avait pas coutume d'apparaître avant 8 heures. Evon s'agrippa de la main gauche à une poignée de dérivation pour briser son élan et faire demi-tour.

Le responsable de la mission se trouvait bien là, assis de dos dans son fauteuil, dans la lumière incandescente des pupitres de contrôle, face à un mur d'écrans, silencieux et calme.

Evon pensa qu'il était sans doute impatient de connaître lui aussi le nom de celui qu'ils avaient désigné et fut tenté de lui cacher l'incident de la salamandre en poursuivant discrètement jusqu'au laboratoire pour remettre le reptile à sa place sans rien lui dire. Finalement il se ravisa. Il s'engagea alors dans l'embrasure de la porte.

— Regarde ce que j'ai trouvé dans le couloir, lança-t-il d'un ton résolu en se propulsant à l'intérieur du module.

Engoncé dans son imposant siège, Aris parut ne pas entendre. Il se tenait immobile et parfaitement tranquille, animé du seul frémissement des voyants scintillants.

— Une salamandre..., ajouta Evon.

Il s'approcha. Le commandant avait les yeux ouverts, comme s'il fixait l'infini, les mains repliées sur le ventre, un teint olivâtre, une mèche de cheveux blancs flottant verticalement. Evon s'avança encore et toucha ses mains. Elles étaient froides. Il toucha son front. Moite et glacial. Il bascula vers le pupitre et enclencha d'un geste vif l'alarme centrale. Des voyants rouges s'allumèrent aussitôt ; la musique d'ambiance cessa, remplacée par un sifflement strident continu. A ce moment-là, la salamandre, qu'il tenait toujours dans la main droite, s'affola, se contorsionna et le mordit. Evon eut un léger tressaillement de douleur muette et lâcha aussitôt l'animal qui dériva dans l'habitacle. La peau, près du pouce, avait été entaillée sur près d'un centimètre et il commençait à saigner. Il suçota la plaie et, après un instant d'indécision, revint près d'Aris dont il chercha à mesurer le pouls, mais ne perçut aucun battement dans ses veines. Il le secoua par l'épaule, lui donna plusieurs claques. Assailli de pensées contradictoires, il se précipita alors vers le vaste tableau de commande, déverrouilla la coque rigide des urgences, située sur la partie haute près des manettes de direction, abattit sa paume sur le bouton d'alerte maximale. Enfin il se retourna, regrettant déjà d'avoir déclenché ce niveau d'alerte à n'utiliser qu'en cas de danger grave de nature à mettre en péril l'intégrité du vaisseau. Il fallait qu'il reste calme, il importait de prouver qu'il contrôlait la situation, qu'il avait la carrure d'un commandant, qu'en toute circonstance il ferait preuve de discernement. Il détacha le corps d'Aris, dont un bras se mit à flotter mollement en l'air. “Nom de Dieu, pas possible un truc pareil”, murmura-t-il, en secouant la tête, un peu affolé. Il chercha à le recoiffer, s'évertua d'une main nerveuse à plaquer cette mèche blanche revêche que le gel fixant utilisé par le commandant ne parvenait plus à assujettir. Qu'allait-il faire à présent ? Que diraient les autres ? Que diraient les responsables de l'agence spatiale ? Il considéra le visage convulsé d'Aris et cela lui déplut : ses yeux grands ouverts, un peu vitreux, semblaient le regarder et se moquer de lui.

Tous étaient là, recueillis et affligés, essayant de comprendre et n'y parvenant pas. Evon, installé dans le siège en cuir blanc de pilote, s'efforçait de ne montrer aucun signe de malaise. Il n'en revenait pourtant pas de se trouver désormais à la tête de cette mission. Il regardait ses mains de pianiste dont l'une était désormais bandée. Au moins, avec cette blessure, songea-t-il, ils ne lui demanderaient pas de leur jouer un morceau le jour de son anniversaire. Il s'étonna de la vacuité de cette pensée et jeta un regard oblique vers Springer et Sorenson qui venaient de déposer le corps inerte du commandant dans l'infirmerie. En retrait, bras croisés, les deux pilotes d'engin lunaire se tenaient tranquilles. Un sentiment bizarre les avait envahis en s'acquittant de cette tâche un peu macabre, un curieux mélange de culpabilité et de regrets à l'égard de cet homme pour lequel ils n'avaient jamais rien éprouvé d'autre qu'un vague respect de circonstance. Accoté à la paroi de commutateurs, Felten attendait près d'Alia sans rien dire, tandis que l'astrophysicien Elias mordillait la petite croix qui flottait autour de son cou, marmonnant des prières d'un air pénétré. Près de lui, Trapani, rivé au pupitre directeur, vérifiait nerveusement le système d'exploitation de l'ordinateur, effectuant à intervalles réguliers des tentatives de connexion avec le centre spatial qui toutes échouaient. Au bout d'un moment, Elias prit la parole.

— Vous avez une idée de ce qui a pu se passer ?

La conversation peina à s'engager.

— Sans contact radio, difficile de le dire, répondit Trapani. Il faudrait l'aide de la télémédecine.

— C'est peut-être à cause de ce foutu lézard, murmura Sorenson.

Le syndicaliste avait en détestation ces salamandres qu'avait amenées Chang. Leur peau humide et glanduleuse, cette sorte de reptation qu'elles employaient pour se déplacer le répugnaient. Il s'était d'ailleurs opposé à plusieurs reprises avec son syndicat à ce genre d'expérimentation dénué selon lui d'intérêt scientifique.

Evon, qui n'osait remettre en question le programme de recherches mené sous sa responsabilité, se contenta d'exhiber sa main, couverte d'un pansement.

— Elle m'a mordu jusqu'au sang.

Après un bref silence, Alia, qui se tenait agrippée à une poignée devant les écrans de mesures, s'enquit :

— Il avait des problèmes cardiaques ?

Trapani répondit d'une voix sans relief :

— Non, c'était un type en pleine forme pour son âge.

— Il ne faudrait peut-être pas écarter l'hypothèse d'un suicide, objecta Evon. Même si c'est peu probable. C'est jamais facile à vivre une fin de mission, surtout lorsqu'on sait que c'est la dernière…

— Qu'est-ce que t'en sais si c'était la dernière ? réagit Trapani.

— C'est ce qu'il disait lui-même depuis un bout de temps.

— Le commandant a très mal vécu d'être écarté de *Mars Explorer*, intervint à son tour Springer. C'est un secret pour personne. Et il n'avait pas l'air au mieux ces derniers jours.

— Moi je trouve qu'il allait très bien, rétorqua le technicien. Il avait même de nouvelles ambitions dans cette agence.

Sorenson prit une inflexion pleine d'aigreur et esquissa un tableau de sous-entendus.

— Je pense qu'il a mal vécu de ne pas être sélectionné pour Mars. D'ailleurs, il n'est pas le seul.

— Tu penses que le commandant s'est suicidé juste pour ça ? demanda Alia.

— Je ne sais pas. A vrai dire, je n'en ai aucune idée.

La température critique au cœur du Soleil semblait avoir été atteinte. Sur l'écran d'analyse, des structures fibreuses s'orientaient suivant le champ magnétique. Des raies chromosphériques et des taches plus ou moins sombres apparaissaient maintenant au milieu de plages brillantes et étendues.

Elias libéra la croix en argent qu'il avait dans la bouche.

— Dans l'espace, on est confronté à une toute-puissance parfois écrasante. C'est une sorte de vertige permanent. Et en même temps il y a cette vacuité…

— Est-ce qu'il a laissé un message quelque part dans un ordinateur ou une note manuscrite ? interrogea Trapani, étranger à ces considérations métaphysiques.

— Non, il n'a rien laissé. J'ai même entièrement fouillé sa cabine, répondit Evon avec assurance.

— Il faudrait savoir si le commandant a pu parler avec eux hier soir et s'il a été informé avant de mourir, poursuivit Sorenson.

— Informé de quoi ? fit le technicien.

— Eh bien, s'il a pu être informé au sujet du largage...

— Et qu'est-ce que ça peut avoir à y faire ?

— Le commandant n'a pas eu l'info, sinon il m'en aurait parlé, décréta Evon.

L'argument s'avérait très relatif. Nul à bord n'ignorait que le commandant avait une fâcheuse tendance à ne pas communiquer à son adjoint toutes les informations dont il disposait, préférant souvent s'adresser à Trapani qu'une complicité amicale liait à lui depuis trente années.

Sorenson jeta un regard circulaire dans la pièce :

— Quelqu'un sait qui a été choisi ?

Sur les écrans, la mesure des rayonnements révélait l'ampleur de la tempête en préparation : le vecteur champ magnétique variait brutalement, les événements à protons propulsaient des particules très énergétiques dans le vide du cosmos, des nuages magnétisés surgissaient des flots convergents de matière. La vastitude ténébreuse se faisait plus oppressante que jamais.

— D'après vous, ça pourrait expliquer sa mort, c'est ça ? fit Elias.

— On ne dit pas ça, on dit juste qu'on doit le savoir, répliqua Springer.

— Il ne savait rien, j'en suis persuadé, répéta l'adjoint du commandant, vexé de voir que ses interventions n'étaient d'aucun poids malgré l'autorité qu'était censé lui conférer son nouveau statut à bord.

Sorenson n'avait pas l'air convaincu.

— Si on résume bien, dit-il, il y a à mon sens trois hypothèses plausibles à cette mort. Hypothèse un : Aris est décédé naturellement, c'est la plus probable. Hypothèse deux : il s'est suicidé pour une raison que j'ignore ; hypothèse trois, et c'est la moins réaliste à mes yeux, mais on ne peut pas l'exclure, étant donné le contexte, hypothèse trois donc...

Il eut du mal à achever sa phrase.

— ... soit... eh bien... hypothèse trois... Aris a été assassiné.

Un vague engourdissement parut gagner les spationautes. Chang, qui griffonnait un dessin sur la mini-table graphique, émergea soudain avec étonnement.

— Assassiné ? Mais par qui ?

— Assassiné par l'un d'entre nous bien sûr. Par qui veux-tu d'autre ?

— C'est absurde ! pouffa Trapani.

— Qu'est-ce que t'en sais ?

— Je veux dire, c'est totalement fou. Totalement impensable.

— Pourquoi l'aurait-on tué ? questionna Alia avec sérieux.

— Pour se donner une chance supplémentaire d'aller sur Mars, expliqua l'adjoint du commandant qui avait deviné le raisonnement de Sorenson. Celui qui a fait ça a peut-être su qu'il n'avait pas été désigné pour ce largage. Puisque la communication avec la base est désormais impossible, il se donne ainsi une nouvelle chance. C'est quelqu'un qui est prêt à tout pour réaliser son ambition.

Alia releva qu'il n'y avait pas eu de traces de bagarre dans le module où on l'avait découvert.

— S'il s'agissait d'un assassinat, j'imagine qu'on aurait retrouvé des affaires un peu partout. Le commandant ne se serait pas laissé faire, je suis sûre.

Le vrombissement du vaisseau ne fut troublé d'aucune parole. Sous la surface solaire, de puissantes et complexes réactions en chaîne se déroulaient à cet instant, des fusions générant de nouvelles particules, suscitant de nouvelles et formidables éruptions, qu'aggravait le passage des secondes.

Trapani rompit le silence.

— On devrait arrêter ce genre de suppositions, dit-il en se déplaçant dans l'habitacle. On ne va pas commencer à jouer les policiers. Il y aura une enquête à notre retour.

Le pilote d'engin et responsable syndical Sorenson le suivit du regard avec insistance :

— Il ne s'agit pas de jouer les flics, excuse-moi, mais d'envisager la suite. Il va bien falloir le faire, ce largage, non ? Comment vous comptez vous y prendre ?

— Quelqu'un a-t-il constaté quelque chose d'anormal au cours de la nuit dernière ? reprit Evon. Ce que je n'arrive pas à comprendre, c'est cette salamandre dans le couloir. Comment est-elle arrivée là ? Il se tourna vers Chang. Tu crois qu'elle a pu s'échapper du labo ?

— Impossible, j'avais tout bien fermé. En plus, j'en sors jamais plus de deux à la fois parce qu'après elles s'agitent trop, justement.

— Tu crois que quelqu'un y est entré en ton absence ?

— C'est à vous de me le dire.

L'adjoint du commandant n'ignorait pas que le laboratoire était le théâtre régulier de certains amusements nocturnes. On avait vu Springer et Sorenson y recueillir les excréments de l'oiseau pour ensuite les jeter dans les toilettes afin de perturber l'ordinateur d'analyse physiologique. Mais il était arrivé aussi que le commandant en personne s'y rende avec Alia et Trapani pour y observer, par simple curiosité, la curieuse ménagerie que la pièce abritait. C'est pourquoi Evon préféra éviter le sujet qui mettait en évidence le non-respect des règles de sécurité par son supérieur.

— C'est vrai qu'il y est entré plusieurs fois, rappela Alia. Est-ce qu'Aris a pu libérer cette salamandre lui-même ?

— Pourquoi il aurait fait ça ?! s'étonna Trapani. Je ne vois pas trop le rapport entre la mort du commandant et cette salamandre. Les deux choses n'ont rien à voir. C'est une pure coïncidence.

— Moi je dis qu'il vaut mieux faire gaffe, avertit Sorenson. Si cette salamandre s'est retrouvée là à se promener cette nuit dans le vaisseau, ce n'est pas par hasard. On sait tous que notre immunité est affaiblie. Ce n'est pas le moment de prendre des risques avec notre santé. Si le commandant a décidé de se supprimer, il a très bien pu vouloir nous contaminer avant de disparaître. Nous entraîner dans la mort avec lui.

Après le repas, Alia vint rejoindre Felten dans son cylindre. Elle le trouva en train de tapoter sur le clavier de son ordinateur, des écouteurs sur les oreilles, penché sur sa tablette de travail. Sa peau noire contrastait avec la blancheur de la combinaison qu'il avait revêtue.

Lorsqu'il la vit, il referma aussitôt le fichier ouvert sur son écran. Elle remarqua sur la cloison des portraits d'un enfant qui défilaient en diaporama, près de ses filets à vêtements.

— Qu'est-ce qui s'est passé d'après toi ?

Le spationaute retira son casque, l'air renfrogné.

— Aucune idée. Mais je n'ai pas aimé la façon dont Sorenson m'a lorgné lorsqu'il a parlé de meurtre. Je n'ai pas aimé leurs insinuations.

— Peut-être qu'il est allé tout simplement au labo et que cet animal l'a contaminé ?

— Possible... En tout cas, il aurait dû restreindre l'accès au laboratoire depuis le début de la mission. Ce n'était pas normal que tout le monde y pénètre. Certains n'avaient rien à y faire. Je ne parle pas pour toi, mais les Sorenson et Springer. Je suis sûr qu'ils ont lâché plusieurs fois l'oiseau et les salamandres rien que pour s'amuser.

Alia le regardait alors qu'il justifiait sa colère et elle ne put s'empêcher de penser qu'elle ne savait presque rien de lui. Mais elle hésitait à lui en demander plus. Elle regarda une photo qui s'affichait à cet instant sur la paroi.

— C'est ton fils, n'est-ce pas ?

Felten confirma d'un hochement de tête.

— Quel âge a-t-il ?

— Huit ans.

— Il te ressemble.

Elle marqua un temps, se détourna de l'image.

— Felten… Ne le prends surtout pas mal. Je voudrais que tu me racontes ce qui s'est passé.

— Ce qui s'est passé ?

— Ce qui s'est passé… il y a trois ans…

Le spationaute leva les yeux en l'air vers la structure du vaisseau et ses brillances d'acier. Il passa les mains sur son visage comme pour rassembler ses pensées.

— Pourquoi tu me demandes ça ?

Elle reprit d'une voix neutre :

— Je voudrais simplement savoir. Puisque c'est ce qu'ils te reprochent… Je voudrais t'entendre, avoir ta version des faits.

— Ton oncle t'a pas expliqué ?

— Non…

La lassitude afflua dans ses paroles comme pour les ralentir :

— Eh bien, allons-y, parlons du passé. Parlons du passé une fois de plus… Je pensais naïvement qu'il y avait prescription, après toutes ces années de mise à l'écart. Mais pour beaucoup le prix payé n'est pas encore suffisant. Même toi, tu viens me le rappeler…

— J'aimerais que tu me donnes ta version des faits, une bonne fois pour toutes, et après nous n'en parlerons plus.

Felten s'immobilisa dans le volume de la pièce, saisit avec dépit l'une des roches lunaires fixées sur son plan de travail. Bien qu'il possédât des connaissances rudimentaires en ce domaine, il avait endossé à plusieurs reprises sur la Lune le rôle du géologue, rapportant toutes sortes d'échantillons. Incrusté de mille particules de quartzite, l'objet dans ses mains brillait sous l'éclairage artificiel. Elle observa ses mains robustes qui manipulaient la roche. Puis, après une longue expiration, il débuta le récit de ce jour d'avril 2043 qui l'avait vu déployer un grand panneau au point L2 de Lagrange. Tout dans ce vol s'était déroulé jusqu'alors sans problème. La première phase de construction de la station lunaire s'était même achevée avec un peu d'avance sur le calendrier initial. Ils avaient eu le temps d'explorer la plaine de Hadley et de rapporter des objets laissés par Irwin et Turner lors de la mission *Apollo 15*.

— J'aurais dû me fier à mon instinct. J'aurais dû refuser d'utiliser le bras robotisé, fit Felten, comme à lui-même.

— Que s'est-il passé ?

— Mon alerte interne s'est déclenchée au moment où je déployais le premier panneau solaire. J'ai commencé à dériver. Mes propulseurs étaient tombés en panne. J'ai mal réagi, pour la première fois… J'ai eu un bref moment de panique. C'est la seule erreur que je veux bien reconnaître. Je me suis retenu au bras manipulateur. J'ai touché la cellule de commande. Simpson se trouvait à trois mètres de moi en train de fixer la sonde. Le bras s'est mis en mouvement et il l'a accroché au passage, avant d'aller percuter le vaisseau. Son scaphandre de sortie EMU* a été déchiré sur une longueur de vingt centimètres. J'ai vu cette déchirure dans son dos, je savais que son système de

* Extravehicular Mobility Unit.

survie avait été endommagé. Je l'ai vu s'agiter, j'ai cherché à le secourir, je l'ai agrippé par l'épaule, j'ai essayé de le ramener aussi vite que possible vers l'intérieur du vaisseau, mais on était trop loin du sas, une cinquantaine de mètres au moins, il a été saisi de spasmes... Il a succombé en quelques secondes à une embolie. Le moteur nucléaire a été endommagé lors du choc, et une cloison perforée. Il a fallu nous replier d'urgence dans le module de secours. On craignait d'être exposés aux rayonnements, malgré le bouclier protecteur. On a quitté l'orbiteur principal pour tenter de rejoindre la station lunaire. On a réussi à se poser sans encombre. On a eu de la chance. On est restés là-bas à attendre, près de cent jours, avant que les secours n'arrivent. La base lunaire n'avait pas de quoi nous fournir des réserves alimentaires suffisantes. Quand ils nous ont trouvés, on était amaigris et affamés...

A l'évocation de ces faits, un petit nerf s'était mis à tressauter à la base de son œil gauche. Il s'arrêta, la gorge nouée par l'émotion, avant de poursuivre.

— ... et puis ils sont arrivés pour nous secourir, et m'arrêter. A cause de moi, il y a eu un retard supplémentaire dans le programme spatial. Mon erreur a eu un coût faramineux pour l'agence spatiale. Sans compter que le principe même de la propulsion nucléaire a failli être remis en cause. Je savais qu'on allait vouloir me le faire payer très cher...

— Et tes compagnons de vol, comment ils ont réagi à tout ça ? Ce n'était pas complètement de ta faute.

— Jusqu'à cet accident, on disait que j'étais un spationaute plein d'avenir. On disait même que je pouvais prétendre au commandement de *Mars Explorer*. Mais là j'ai deviné que c'était fini pour moi. Au début, ils ont cherché à me remonter le moral. Ils ont compati, mais j'étais abattu et eux aussi. “C'est un coup du sort, un coup du destin, il ne faut pas chercher de responsabilité.” “Tous les spationautes commettent des erreurs.” Ils me répétaient ce genre de phrases. Ils me disaient que je faisais partie de la grande famille de l'espace et que rien n'allait changer. Mais je savais que l'implacable machine était en route. La sanction allait tomber, inévitablement.

— Que s'est-il passé ensuite, une fois revenu sur terre ?

— Ils m'ont sacrifié. C'était prévisible. L'enquête a conclu que j'étais l'unique responsable de l'incident. “Une défaillance humaine a provoqué la mort de Simpson.” C'est ce que disait le rapport. Et aussi tous les autres…

Une expression d'étonnement figea les traits d'Alia.

— Les autres ?

— Tous m'ont accusé. Enfin beaucoup… Certains ont même laissé entendre que j'avais prémédité mon geste et tardé volontairement à le secourir : j'avais agi pour éliminer mon concurrent le plus direct pour le commandement de *Mars Explorer*. Ils ont exagéré ma rivalité avec Simpson. Ça les arrangeait. J'ai même eu droit à une enquête. Ils sont venus fouiller chez moi. On m'a retiré mon badge d'accès à l'agence spatiale. On a tout fait pour m'écarter et me détruire. Je suis devenu un paria.

Des plis de tension altérèrent son visage.

— Tout ce que je veux, c'est réussir cette mission. Je veux prouver aux dirigeants de cette administration qu'on peut me faire de nouveau confiance. Je veux me réhabiliter. Même si je dérange beaucoup de monde.

— Pourquoi tu dis ça ? Pourquoi les dérangerais-tu ?

— On ne veut plus revoir le vilain petit canard, dit-il d'une voix saturée d'amertume. On voudrait m'écarter pour de bon, me voir disparaître.

— Pourquoi t'auraient-ils rappelé alors ?

— Je ne sais pas.

Cette remarque sembla plonger Alia dans un abîme de perplexité.

— Tu ne sais pas pourquoi tu es là ?

Le spationaute secoua la tête négativement. Puis il porta son regard sur elle. C'était la première fois qu'il la voyait si près de lui.

— Je n'ai presque rien fait durant cette mission. A part dévoiler cette plaque. C'est incompréhensible. Et maintenant la communication qui ne fonctionne plus…

Il laissa quelques secondes s'écouler, avant de l'interroger d'une voix légèrement chancelante :

— Ton oncle, il ne t'a vraiment rien dit sur moi ?

— Non.

Sa réponse semblait le surprendre. Il y eut une longue pause.

— Après tout, peut-être qu'ils se disent que je n'ai rien perdu de mes connaissances, poursuivit Felten. Avant l'incident, j'étais considéré comme le plus prometteur d'entre tous.

— L'un des plus ambitieux aussi…, dit-elle dans un sourire, s'autorisant une légère moquerie.

Il leva sur elle un regard d'incompréhension.

— Oui… peut-être, enfin pas tellement plus que les autres. Et puis d'ailleurs ce n'est pas un crime, que je sache.

— Non, non, bien sûr ! se rattrapa Alia. Ce n'est pas un crime. En aucune façon.

Il fut gagné par un sourire en la regardant ainsi devant lui, s'efforçant de ne pas le contrarier. Mais presque aussitôt un voile d'amertume assombrit son visage et il se perdit dans des pensées désabusées :

— Sans cette histoire, j'aurais été retenu pour le commandement de *Mars Explorer*. Et tous le savent. Mais je n'aspire plus à ça. Je veux reprendre mon métier de spationaute. Me racheter enfin.

— Finalement, tu es presque un touriste, toi aussi ! lança-t-elle pour le provoquer et tenter de modifier l'atmosphère sinistre dans laquelle leurs paroles les faisaient tous deux glisser.

Il se laissa emporter dans sa bonne humeur et s'écarta de l'ordinateur avec un rire franc.

— Heureusement qu'ils ne m'ont pas demandé de payer mon billet tout de même.

Il se dirigea vers son placard réfrigérant et demanda sur un ton cordial :

— Jus de tomate ?

Chang avait préféré ne pas s'attarder avec les autres et s'était rendu dans son laboratoire afin d'effectuer des relevés. Le commandant venait de mourir, mais il n'arrivait pas à s'émouvoir de cette disparition. Il se demandait si une salamandre avait pu échapper la veille à sa vigilance. Très peu probable, mais toutefois pas impossible, estima-t-il.

Il importait cependant de ne pas négliger des expérimentations qui restaient encore la meilleure façon de parvenir à ses fins. La mort du commandant était fâcheuse mais ne devait pas de surcroît compromettre ses travaux. D'abord, une publication prestigieuse pouvait parachever son travail sur les bactéries primitives, et lui ouvrir de nouvelles perspectives. Puis il lui faudrait parler au directeur de mission et lui soumettre un projet de recherche bien ficelé. Il avait l'intime conviction qu'il pourrait effectuer là-bas sur Mars un travail exceptionnel. Il fallait s'attendre à ce qu'un pas décisif dans la recherche scientifique soit accompli sur la planète rouge. Et sans nul doute les études prébiotiques y seraient fructueuses et à bien des égards inégalables. En viendrait-on à percer le mécanisme de l'apparition de la vie ? En viendrait-on à comprendre le mystère de l'évolution tout entière ?

Il se sentait animé à présent d'une motivation nouvelle pour aller au bout de ses travaux. Le jeune biologiste surdoué, âgé de vingt-quatre ans, ne pensait qu'à ses recherches. Il avait connu une certaine notoriété lorsqu'il était parvenu, trois ans plus tôt, au cours de sa première mission spatiale, à faire naître dans le laboratoire temporaire de la station la première souris "lunaire" grâce à une fécondation *in vitro* pratiquée en microgravité. Le succès obtenu auprès des enfants par Minnie Moon l'avait entraîné à son retour sur terre dans un cycle de conférences et d'interventions en milieu scolaire qui n'avait depuis presque jamais cessé.

Cette réussite avait d'abord ravi l'agence spatiale, qui y avait vu un moyen efficace de promotion, et l'on avait fait preuve de compréhension à l'égard de son absentéisme, mais peu à peu son comportement arrogant avait fini par agacer. Le petit prodige, dont on avait commercialisé la peluche, s'était cru en droit de réclamer une rémunération délirante pour ce travail promotionnel et pédagogique non prévu dans son contrat. Il avait en outre fait un usage abusif des frais de représentation tout au long de ses voyages. Les remontrances personnelles du directeur de l'agence spatiale n'y avaient rien fait et il avait fallu la mort de Minnie, retrouvée un matin inanimée dans sa cage dans une chambre du neuvième étage de l'hôtel Intercontinental de Singapour, pour que cesse cette mascarade et que le jeune chercheur consente à redescendre sur terre. Mais l'incompréhension entre les deux parties restait totale. Aux yeux de Chang, le décès de la souris résultait d'un manque de suivi vétérinaire dont il s'était plaint à plusieurs reprises et illustrait selon lui l'incompétence de l'agence spatiale. Incompétence dont il avait fait part dans une lettre ouverte adressée à la direction, qu'il avait osé envoyer à des sites d'information. Venue sur la place publique, la querelle avait alors pris des proportions fâcheuses et s'était ensuivie une mise à l'écart de plus d'une année du jeune biologiste.

Les critiques envers moi semblent déjà s'apaiser. Tous à présent comptent sur ma lucidité, mon sang-froid, mon sens de la décision pour gérer la situation.

Je laisse la parole au directeur de l'agence spatiale. Je l'oblige à mentir. Il s'en acquitte avec talent. Je remarque toutefois que sa main tremble sur le pupitre. "D'après nos calculs, la meilleure solution pour écarter l'astéroïde de la Terre serait de lui imprimer une poussée tangentielle. Nous pensons qu'en termes d'énergie, il est préférable de tenter de perturber son orbite, plutôt que d'espérer la stopper ou même de la freiner. La solution envisagée consiste à percuter la météorite en lançant contre elle le serveur Eternel. *Ainsi, une poussée relativement faible déplacerait la météorite sur une orbite plus large qui modifierait sa révolution autour du Soleil. Le largage comporte quelques incertitudes. La difficulté principale réside dans le pilotage à distance du vaisseau-serveur puisqu'il n'y aura personne à bord. Toutes nos équipes de contrôle à distance sont mobilisées pour y parvenir avec succès. Les spationautes de* Lunar 5 *vont nous assister du mieux possible tout au long de cette opération. Ils pourront à tout moment intervenir et prendre le relais en cas de difficulté. Ils seront d'un soutien essentiel."*

Un flot de questions précises se déverse. A mon tour de faire face. Je m'applique à entretenir l'espoir avec cette dignité sublime que semble m'imposer la dureté de l'épreuve. Je m'exprime avec retenue, affichant une légère moue suggérant ma préoccupation extrême. Je respire lentement. Signe d'assurance, de maîtrise. Je balaie la salle du regard. "Il s'agit d'une manœuvre très délicate, mais ils s'y préparent du mieux possible. Ce sont de grands professionnels. L'équipage de Lunar 5 *est très expérimenté. La plupart des spationautes de cette mission ont trois ou quatre vols spatiaux à leur actif. Ils sont parfaitement entraînés et savent faire face aux situations les plus compliquées." Peu de choses à dire certes, mais assénées comme il faut.*

Le scientifique explique que l'efficacité d'un impact contre un astéroïde dépend de la structure interne de l'objet céleste. "Grâce à une analyse spectroscopique, certaines informations sur la composition chimique de cette roche ont pu être obtenues. Sa porosité a pu être estimée. Sa masse volumique est de l'ordre de 2,7 grammes par centimètre cube. Il s'agit d'un bloc rocheux fragmenté, composé de basalte et de roches silicatées, assez homogènes."

Il annonce que des simulations d'impact sont réalisées sur ordinateur. Une séquence vidéo est projetée, au cours de laquelle l'astéroïde percuté dévie, tandis qu'à sa périphérie, au point d'impact avec le serveur Eternel, *il se morcelle en un essaim de roches. Le scientifique ajoute que la faible porosité de l'objet est un atout. Un projectile envoyé sur un astéroïde poreux provoquerait en effet un cratère profond, mais la surface endommagée serait plus réduite et l'onde de choc se propagerait faiblement. En revanche, dans le cas présent, la composition de l'astéroïde permet d'envisager une déviation conséquente. "Sa vitesse de rotation est évaluée à partir des modulations de la lumière qu'il réfléchit. D'après les premières données recueillies, cette vitesse est élevée, ce qui semble confirmer son grand degré de cohésion. Si l'astéroïde n'était qu'un simple agrégat de roches, retenues uniquement par la force centrifuge, cet objet ne tournerait pas aussi vite sur lui-même."*

La salle écoute, partagée entre stupéfaction, frayeur et fascination. Je ne dis rien. Je regarde ces visages inquiets, presque ahuris. Ils me procurent un plaisir intense. Je jubile à les voir ainsi. Dans cette humiliation. Je reconnais certains d'entre eux. Ceux qui ont été les plus durs. Ils sont là maintenant, apeurés comme des enfants. Plus de hautaine assurance. Plus d'arrogance méprisante. Plus de perspicacité et de regards de procureurs. Juste des enfants transis qui écoutent et veulent comprendre. Prêts à tout croire. Ne pouvant se résoudre à la disparition prochaine de leur espèce.

L'écran virtuel dévoile un croquis détaillé. La voix du directeur reprend.

"Voici le plan du vaisseau Lunar 5, *tel que vous le connaissez. Le serveur* Eternel *se situe dans la soute de stockage dans la partie supérieure. Il est doté de deux propulseurs, ionique et plasmique, de la dernière génération, hautement performants. Il comporte une salle centrale, de forme ovale, d'une longueur de trente mètres environ, où sont alignées les grandes unités de stockage dans des caissons blindés. Ces disques contiennent des milliards de données, une partie de la mémoire humaine. Ils sont maintenus à température et hygrométrie constantes grâce à des sondes autonomes de très longue durée. Sur la droite, un couloir conduit à une enfilade de salles annexes. Une*

première regroupe les systèmes de contrôle à bord et des ordinateurs préprogrammés. Une seconde est équipée de multiples outils de télédétection et de mesure des rayonnements cosmiques. Une troisième est destinée à la surveillance et la maintenance de l'activité des propulseurs. Une quatrième abrite des instruments de communication, d'analyse optique et différents capteurs d'orientation.

Dans la phase finale lors de l'opération de pilotage à distance, l'un des spationautes à bord prendra sans doute le relais depuis la salle de commandement de Lunar 5 *pour affiner la trajectoire avant l'impact." De qui s'agira-t-il ?*

Je veux encore les étudier. Ne pas me tromper. Je préfère la prudence.

"A l'heure où nous parlons, ce choix n'est pas encore établi. Nous sommes en contact permanent avec l'équipage. C'est une opération délicate et nous souhaitons mettre toutes les chances de notre côté."

Les spationautes s'étaient regroupés dans la salle de pilotage. Installé dans le fauteuil blanc du défunt, l'adjoint du commandant, Evon, désinfectait sa plaie à l'aide d'un stylet laser. Sur le pupitre devant lui, des taches sombres striaient la surface du Soleil d'inquiétants filaments. Un flux continu s'échappait du plasma, une longue saignée de particules déferlait dans le néant. La tempête s'aggravait sur un rythme soutenu.

— Il nous reste combien de jours avant le largage ? demanda Sorenson.

— Trois, je crois, fit Trapani.

— Deux, rectifia l'adjoint du commandant sans détourner les yeux de sa blessure. Le largage a lieu après-demain.

— Ça ne nous laisse pas beaucoup de temps pour nous organiser, nota Sorenson. Il faudrait décider dès aujourd'hui qui va s'en charger.

Alia les rejoignit. Lorsqu'elle entra dans le module, Trapani remarqua la pâleur singulière de son visage. Elle semblait très préoccupée.

— Ça va, Alia ?

Elle acquiesça puis inspira profondément comme si elle luttait pour ne point défaillir.

— Je vais aller te chercher du sérum mentholé, bondit aussitôt le technicien. J'en ai dans la réserve.

— Non, non, ça va, fit-elle.

Depuis le début du vol, Trapani s'était montré d'une grande prévenance à son égard. Rien à voir avec les autres touristes qu'il avait l'habitude de rudoyer jusqu'à l'incorrection.

Tous savaient que les assauts paternalistes du technicien n'étaient pas dus à de bons sentiments mais bien aux bénéfices professionnels qu'il escomptait obtenir d'une relation amicale avec la nièce du patron de l'agence. Sans doute pensait-il, à soixante-quatre ans, pouvoir prolonger sa carrière de deux ou trois années, et qu'on ne l'expédierait pas à la retraite sitôt le pied posé à terre.

— Tu es sûre ? Ça ne peut que te faire du bien.

Elle s'obstina dans son refus jusqu'à ce qu'il consente à regagner sa place.

Ignorant cette nouvelle démonstration de complaisance de la part du technicien, le leader syndicaliste lâcha d'une voix sentencieuse :

— Il faut choisir aujourd'hui ou demain celui qui fera le largage, lança Sorenson.

— Mais s'il y en a qui souhaitent se désister, enchaîna son acolyte, qu'ils ne se gênent surtout pas. Ça nous fera gagner du temps.

— On est tous intéressés par ce largage, rétorqua Elias. Il ne faut pas s'attendre à des désistements.

Cette remarque émanant de l'astrophysicien sembla surprendre Sorenson.

— Ah bon ? Même toi, tu es intéressé alors que tu n'as jamais effectué de sortie spatiale ?!

— Oui, je suis intéressé, se contenta de répéter Elias en ajustant son catogan.

— Bon, eh bien, dans ce cas, il faudra effectuer une sélection sur des critères précis, conclut Sorenson.

— Comment vous comptez vous y prendre ? questionna le technicien de bord.

— Peut-être qu'on pourrait tirer au sort ? proposa Alia.

Trapani sortit aussitôt de sa sacoche un couteau qu'il déplia pour le lancer au milieu de la pièce en lui imprimant un mouvement rapide de rotation. Sous le regard des spationautes, le couteau tourna dans le vide, sur un plan horizontal, à un mètre du sol, pointant sa lame vers chacun d'eux à tour de rôle. Il finit par perdre de la vitesse et s'immobiliser devant Elias. Sorenson tendit le bras pour saisir le couteau d'un geste vif.

— Si l'agence doit nous juger sur la réussite de ce largage, il faut mettre toutes les chances de notre côté et pas nous contenter d'un tirage au sort. Il s'agit de faire un choix rationnel.

— Et c'est quoi d'après toi un choix "rationnel" ? interrogea Trapani, avec suspicion.

— On doit évaluer l'expérience de chacun. C'est le plus logique. Par exemple, on peut décider d'envoyer celui qui a réalisé la plus longue sortie dans l'espace. C'est un critère qui a son importance.

— Tu sais très bien que tu seras le mieux placé, si c'est l'option retenue, grinça le technicien.

Evon éteignit le stylet laser et le rangea dans la poche de sa combinaison, puis baissa la tête un instant, passa la main dans ses cheveux roux en brosse et fit pivoter son fauteuil vers eux.

— Inutile de prolonger vos palabres. J'ai l'intention d'effectuer cette sortie spatiale. Je me chargerai moi-même de larguer *Eternel*.

Dans son labo, Chang inspecta l'armoire blindée des produits sensibles et constata qu'un tube manquait. Il eut toutefois un doute car il se souvenait d'en avoir utilisé un sur le laboratoire lunaire lors de ses expériences biologiques. Le capteur intégré à la pièce, recensant l'historique des mouvements des produits, ne fonctionnait plus depuis un mois et ne lui était d'aucun secours. Il retourna à sa table de travail.

Sous la coupelle, il avait observé au cours des jours précédents la déformation d'une population de virions. Il avait injecté quelques jours auparavant à quatre salamandres plusieurs particules virales et des traceurs associés. Il s'agissait d'une infection abortive, c'est-à-dire consistant en un cycle incomplet qui s'arrêtait généralement avant la réplication de l'ADN viral. La poussée mitotique se maintenait plusieurs jours avant de décroître, mais certaines cellules évoluaient différemment. Il avait remarqué avec étonnement qu'elles ne retrouvaient jamais un phénotype normal. Au lieu de se ralentir, les mitoses se poursuivaient à un rythme accéléré et faisaient apparaître des foyers de cellules anarchiques, ayant la capacité de se multiplier indéfiniment… Sur les quatre salamandres contaminées, deux avaient déjà succombé à l'expérience, deux autres étaient toujours vivantes.

Chang avait pris soin de fixer à chacune un petit numéro sur le ventre, mais l'adjoint du commandant, qui ignorait tout de l'expérience, n'avait bien sûr pas pensé à vérifier. Il ne pouvait savoir si c'était l'une d'entre elles qui avait été trouvée dans le couloir et manipulée à mains nues.

Le biologiste était plongé dans ses réflexions et mit du temps à se rendre compte que l'écran de bord sur sa droite clignotait. Le signal d'alerte avait même retenti plusieurs fois avec une intensité augmentée, suraigu, lancinant. Il flotta jusqu'au panneau blanc qui s'ouvrit à son approche. Sorenson sortait au même moment dans le couloir, ainsi que Springer.

— Qu'est-ce qui se passe ? questionna le jeune biologiste.

— Aucune idée..., fit Sorenson.

Ils ondoyèrent ensemble à travers le vide du vaisseau vers le module d'observation d'où provenait le signal, comme l'indiquaient les écrans d'alerte installés à chaque intersection. De façon étonnante, la musique classique ne s'était pas interrompue et l'alarme centrale se superposait au lyrisme épuré du *Trio n° 2* de Schubert qui ne faisait qu'accentuer l'impression de chaos et de dysfonctionnement au sein du vaisseau.

La coursive latérale aux vitres habillées de filtres opacifiants leur permit d'atteindre la salle d'observation par l'entrée annexe. Ils y découvrirent Elias, désemparé et tremblant, qui les attendait. D'un regard, il leur désigna le plafond. Sous la bulle en verre large d'une dizaine de mètres, et s'ouvrant sur le cosmos, flottait l'adjoint du commandant, Evon.

— Je l'ai trouvé là. J'ai pas osé m'en approcher, commenta l'astrophysicien.

D'une poussée verticale, Sorenson rejoignit le plafond. Evon avait le visage convulsé, des yeux à demi révulsés. Ses mains étaient extraordinairement pâles et des veines bleutées saillaient sous la peau trop laiteuse parsemée de taches de rousseur.

— Va chercher le masque à oxygène, ordonna-t-il à Springer. Et rapporte aussi le kit médical.

Springer plongea vers l'entrée de la salle et se rendit à l'extrémité du couloir où se trouvaient les équipements de premiers secours. Il croisa Trapani qui arrivait en trombe suivi d'Alia.

— C'est grave ?

— Evon vient de perdre connaissance.

Ils entravèrent le malade sur sa couchette à l'aide d'un harnais souple, placèrent sous sa tête le coussinet rigide de sommeil. Il s'agissait de le ramener à la conscience. Alia accentua l'intensité lumineuse de la pièce. Sous la lumière un peu factice des tubes halogènes, elle s'activa un long moment à le réanimer, employa le masque à oxygène qu'avait rapporté Springer, puis la sonde cérébrale. La fébrilité semblait gagner chacun de ses gestes au fur et à mesure que s'écoulaient les secondes jusqu'au moment où elle s'immobilisa totalement. Un détail de la combinaison entrouverte du malade semblait attirer son attention. Elle ouvrit avec prévenance la fermeture éclair.

La poitrine imberbe et figée d'Evon se révéla à eux dans la lumière blanche. Tout son ventre et son thorax étaient recouverts de petits renflements minuscules légèrement suintants. Ils constatèrent bientôt que l'éruption cutanée montait jusqu'aux épaules et se prolongeait d'un côté sur l'avant-bras jusqu'au poignet.

Alia se pencha et retourna la main flasque du malade pour en examiner la paume. A la jointure du pouce et de l'index, la peau se trouvait gonflée et tuméfiée. On y distinguait une trace ovale un peu sombre, marquée de points noirs minuscules.

Tous regardèrent cette main avec une sorte de respect épouvanté.

C'était une vision sans équivoque, pénible à soutenir, qui éveillait leur inquiétude. Cet organe de la préhension malade, aux chairs turgescentes et cramoisies, disait la menace invisible partout présente dans la suavité trompeuse de cette apesanteur. Ils ne pouvaient s'empêcher de penser qu'elle était la main d'un destin morbide qui déjà les pointait, les condamnait.

Felten arriva seulement à cet instant.

— Que se passe-t-il ?

Les sept spationautes levèrent leur regard vers lui. La plupart d'entre eux avaient cette même expression un peu trouble dans laquelle se lisait une sorte d'hébétude, mais aussi une formidable suspicion.

Je suis dans mon fauteuil, les yeux ouverts sur l'obscurité. Cette maladie, c'est un combat perdu d'avance et je ne veux pas combattre. A quoi bon ? Et pour qui ?

Un signal lumineux clignote devant moi sur mon écran virtuel.

Je reconnais le visage d'un des responsables du centre spatial. Son excitation est visible.

— Monsieur le président ! Un large fragment de roche s'est détaché au cours des dernières heures ! Sa trajectoire a commencé à se modifier. L'impact n'aura pas lieu, c'est quasiment une certitude !

J'écoute cela sans éprouver aucune joie. Presque une déception pour moi. L'anéantissement de ce monde ne m'aurait pas déplu.

— Il faut faire une annonce rapidement.

Son empressement m'étonne. Je ne comprends pas.

— Sommes-nous les premiers à le savoir ?

— Oui. Personne n'est au courant de ce qui vient de se passer.

— Même les observatoires étrangers ?

— Ils n'en savent rien. Cet astéroïde se déplace sur une orbite très elliptique et se situe dans une zone difficilement observable depuis la Terre, dans l'axe du Soleil. Cela aveugle les télescopes du monde

entier. Nous sommes actuellement les seuls à bénéficier de données précises grâce à cet outil extraordinaire qu'est Spaceguard 2. A l'époque, ce programme nous a valu quelques cinglantes critiques pour son coût, mais nous en voyons enfin l'utilité.

Mon rein me fait mal. Je suis un peu inquiet car je n'ai pas pris mes médicaments ces jours derniers.

— Combien de temps leur faudra-t-il pour savoir ?

Le type hésite.

— Je dirais deux jours.

Dans ce long tunnel que constituent ces années de pouvoir, c'est pour moi comme une lumière vers laquelle je sens confusément qu'il me faut tendre. Est-ce ainsi que les artistes créent ? Ont-ils eux aussi ce pressentiment qui les saisit ?

Je crois bien que je n'aspire à rien d'autre désormais qu'à l'art, devenir un créateur pour avoir enfin prise sur la réalité sinistre qui m'étouffe, ou peut-être lui échapper, je ne sais pas. Au fond de moi, l'accomplissement de mon ambition politique et le désastre personnel qui s'est ensuivi m'auront révélé à moi-même : l'art est devenu mon refuge. Il abrite mon rêve de transformer le monde. Ma désillusion est immense mais mon rêve est resté intact.

J'entends le type me dire :

— C'est pourquoi, comme je vous l'indiquais, je vous propose de donner une conférence de presse afin de dissiper au plus vite les inquiétudes de l'opinion publique. A moins que vous ne souhaitiez que nous le fassions nous-mêmes ?

Je regarde cette eau dans mon verre qui frémit sous les tremblements de ma main.

— Nous ne ferons rien.

— *Vous ne voulez pas les avertir ?!*

J'entrevois la possibilité d'un salut. Les questions se bousculent dans ma tête.

— *Combien de personnes sont au courant de ce changement de trajectoire ?*

— *Euh… il doit y en avoir… deux… ou trois à l'observatoire spatial et puis deux au centre d'analyse où sont reçues les images de Spaceguard 2, et aussi trois à la direction, dont moi.*

— *Donc, au maximum huit personnes sont informées, c'est bien cela ?*

— *Oui, approximativement.*

— *J'exige de ces personnes que rien ne filtre au cours des prochains jours. Il doit y avoir un embargo total sur cette information. Ces gens ne devront en parler à personne, pas même à leurs proches. Vous leur ferez signer à tous une clause d'absolue confidentialité. Cette information relève dorénavant du secret-défense.*

La salle de briefing était équipée de fauteuils blancs répartis sur deux rangées concentriques, face à un écran éteint d'une dimension d'environ trois mètres. Les spationautes s'y étaient rendus pour faire le point. Ils affichaient des visages sombres et perplexes. Sorenson, calé au premier rang, ne cessait de secouer la tête.

— Cette saloperie l'a mordu. A tous les coups, c'est elle qui l'a tué.

— Aucun de mes animaux n'est contaminé, répliqua Chang. Si mes animaux étaient malades, je serais malade moi aussi.

Felten fit au même moment irruption dans le module de briefing, tenant à la main un petit flacon de verre de cinq centimètres de long environ.

— Chang, ça provient de chez toi, n'est-ce pas ?

Le biologiste se redressa. Examina le flacon qu'il lui tendait. Le capuchon était percé d'un trou de la taille d'une aiguille.

— Où as-tu trouvé ça ?

— Dans la salle centrale de maintenance. Collé au filtre d'aération.

Chang regarda le numéro de série inscrit dessous, qui sembla le laisser perplexe.

— Il y avait quoi là-dedans ? questionna Sorenson d'une voix inquisitrice.

— Des bactéries…

— Quel genre ?

Chang grimaça, ennuyé, puis évoqua la petite armoire blindée où se trouvaient stockés certains virus pathogènes qu'on ne devait manipuler qu'avec d'énormes précautions, et rappela à demi-mot que l'interdiction de pénétrer dans le laboratoire sans une autorisation de sa part n'avait jamais été respectée.

— Tu crois que ce produit aurait pu tuer Aris ? questionna Sorenson.

— Peut-être… S'il se l'est injecté dans les veines, oui, sans doute. C'est un vibrion puissant aux propriétés neurotoxiques.

La tension dans la pièce s'accrut aussitôt.

— Tu veux dire qu'il serait mort immédiatement ?

— Oui, s'il s'est injecté cette dose, il est sans doute mort en moins d'une minute.

— Chang, la salamandre vient du labo, le produit mortel vient du labo, releva Trapani. Ça fait beaucoup de choses qui viennent du labo, tu ne trouves pas ?

— Tout le monde y est entré… Tout le monde ! Evon me l'a avoué ce matin.

— Il faudra expliquer tout ça à la police à ton retour, poursuivit le pilote d'engin lunaire.

— Qu'est-ce que tu veux dire ?

— Parce que tu crois que, s'il y a plusieurs morts à cause de toi, tu n'auras pas à rendre des comptes peut-être ?

Le jeune biologiste sembla effrayé par cette perspective. Elias restait muet.

— Il faut trouver la seringue avec laquelle Aris s'est infligé ça, reprit Sorenson. Si le commandant s'est injecté ce produit neurotoxique, on devrait la retrouver à proximité. Au pire, le long d'une grille de recyclage de l'air.

Il se tourna vers Felten.

— Tu n'as rien repéré ?

Celui-ci secoua la tête.

— Non, rien du tout.

— J'ai bien regardé moi aussi, ajouta Trapani. Et je confirme.

— Je ne sais pas si tu as bien regardé, le cingla le pilote d'engin lunaire, en tout cas tu n'avais même pas vu ce flacon.

— Il n'y était pas tout à l'heure, répliqua le technicien.

— Tu en es sûr ?

— Certain.

Cette remarque ouvrit un abîme tout aussi vertigineux que le néant dans lequel évoluait le vaisseau.

— Chacun va devoir dire ce qu'il a fait précisément hier soir, déclara Sorenson. A commencer par toi, Felten.

Ce dernier semblait s'attendre à cette mise en cause. Il avait adopté une posture un peu fataliste, la main sur la joue, appuyé à la cloison.

— Vous pensez que je suis derrière ce meurtre, c'est ça ? Parce que j'ai trouvé ce flacon ?

C'était la première fois qu'un tel mot était utilisé et il résonnait d'une façon étrange. Un meurtre dans l'espace. Voilà donc une nouvelle frontière de l'humanité désormais franchie. Le misérable pendant du fameux "petit pas pour l'homme" d'Armstrong.

— Nous voulons savoir ce que tu as fait hier soir, ajouta Springer.

Comme il tardait à répondre, celui-ci le brusqua.

— Sorenson t'a demandé quelque chose. Qu'est-ce que t'as fait hier soir ?

— Je suis resté un moment dans mon cylindre, puis je suis allé me détendre dans le module de relaxation.

— Dans le module de relaxation ? Tu ne pouvais pas te détendre dans ta cabine ? Tu avais besoin de venir dans le module de relaxation ?

— Je préférais être là-bas.

— Et à quelle heure es-tu retourné dans ta cabine ?

— Je ne sais pas. Il devait être 10 heures ou 11 heures.

— Il faut être plus précis, c'était plutôt 10 heures ou 11 heures ?

— Je dirais plutôt 11 heures.

— Et ensuite ? interrogea Springer.

— Ensuite, j'ai écrit à mon fils.

— Par où es-tu passé pour rejoindre le module d'habitation ? questionna Sorenson.

— Par le chemin le plus court ! Par où veux-tu que je passe ? J'ai emprunté la coursive centrale.

— Donc tu as longé le laboratoire…

— Oui, j'ai longé le laboratoire. Bien sûr que j'ai longé le laboratoire. Quoi, il fallait que je fasse un détour pour ne pas passer devant ?

— Et évidemment tu vas nous dire que tu n'es pas entré à l'intérieur, c'est ça ? fit Springer.

— Eh bien oui, désolé de vous décevoir, je suis pas entré à l'intérieur car je n'avais rien à y faire.

La conversation semblait stérile et de nature à envenimer les choses plus qu'à les résoudre.

Voyant la tournure que prenait la conversation, Trapani préféra s'éclipser. Il confia à voix basse à Alia en défaisant sa ceinture qu'il allait vérifier si Evon allait mieux. Quelques minutes après qu'il fut sorti, Alia prit la parole à son tour.

— Je pense que mon oncle n'aimerait pas savoir que nous nous entre-déchirons. Nous n'avons pas les moyens de mener nous-mêmes une enquête, donc inutile de nous accuser les uns les autres. Ça ne sert à rien. Il vaut mieux nous consacrer à minimiser les risques de contamination. Je pense que mon oncle exigerait cela de nous.

Felten poursuivit, comme si la colère qui l'avait gagné ne pouvait à présent refluer.

— T'es rien, Sorenson. T'es personne ici. Pas la peine de prendre de grands airs. Ils te connaissent. Ils ont un gros dossier sur toi. Pas très fameux sans doute, sinon tu ne serais pas là à te tourner les pouces et casser du matériel avec ton copain. Alors, tant que j'aurai pas reçu d'instructions claires de la base me demandant de t'obéir, je ne t'obéirai pas, mets-toi bien ça dans la tête.

Après un moment d'indécision, préférant calmer ses nerfs, il propulsa son corps longiligne vers la porte. Il s'apprêtait à s'engager dans le couloir mais fut stoppé net dans son élan.

Face à lui, sous les néons jaunâtres, se tenait Trapani. Le souffle court, ce dernier articula à mi-voix :

— Evon est mort.

Dans la rue l'inquiétude s'accroît. Les manifestations se succèdent. Celles de la veille ont dégénéré toute la nuit en pillages durement réprimés par les forces de l'ordre. Mais on assiste aussi à des mouvements amusants, de collectifs désespérés et humoristiques, celui de "l'apocalypse joyeuse", organisé ce jour dans les grandes capitales à l'initiative des mouvements gays et lesbiens, te réjouirait tout particulièrement. On y voit des jeunes gens défiler et danser, déguisés en dinosaures, en référence à cette collision qui a sans doute provoqué jadis, il y a soixante-cinq millions d'années, une extinction massive des espèces. Certains ont revêtu des costumes de météorites plus ou moins élaborés, la tête parfois simplement dissimulée dans une énorme boule de papier mâché qu'ils agitent au rythme des percussions ; d'autres défilent en Cro-Magnon, en éléphants, en singes ou en zèbres, toute une cohorte d'animaux représentant l'évolution des espèces dans des mouvements perpétuels et frénétiques, dans des lumières kaléidoscopiques. On célèbre l'arrivée de "Sandy" – c'est ainsi que ces manifestants ont rebaptisé l'astéroïde, qui va offrir à l'humanité "le plus beau spectacle qu'elle ait eu à admirer". Ils auraient pu aussi lui donner ton nom, cela n'aurait été que justice.

D'autres ont conçu des "tableaux de l'humanité", où des œuvres d'art et des figures mythiques côtoient des amoncellements d'os, de machettes et de vieux pneus que l'on embrase. Certains ont fabriqué des autels exubérants atteignant parfois plusieurs mètres, dédiés à cette nouvelle divinité venue du ciel, qui trouvent des déclinaisons plus modestes un peu partout au coin des rues – que les autorités s'épuisent chaque fois à retirer, signes de ralliement d'une jeunesse revendiquant le droit de faire la fête "jusqu'au bout". Mais c'est surtout un "tableau universel de copulation", ou "fresque sexuelle planétaire", que les organisateurs veulent mettre en place, invitant la population à se réunir dans des lieux publics à l'heure prévue de l'impact pour copuler à grande échelle car, disent-ils, comme le proclame leur slogan : "En faisant l'amour, ça fera moins mal !" Deux fourmis écrasées sous un énorme caillou, dont l'arrière-train, miraculeusement épargné, continue de copuler avec frénésie, forment le logo de ce réjouissant mouvement.

Suspendre les expérimentations et limiter l'accès au laboratoire n'était désormais plus suffisant pour combattre l'ennemi invisible. Tel fut le constat exprimé à voix haute par Alia.

— Je propose l'élimination définitive et immédiate des animaux présents à bord, dit-elle.

Chang accusa le coup devant cette proposition inopinée.

Cela faisait trois mois qu'il étudiait ces animaux, passait des journées entières à effectuer des relevés biologiques, qu'il notait soigneusement chacune de leurs réactions, s'inquiétait dès qu'ils avaient un peu de fièvre, qu'il surveillait chaque sonde. Et maintenant, parce que la nièce du directeur était anxieuse, il devait réduire à néant tous ses travaux ?

— Mes animaux ne sont pas contaminés ! Vous n'avez qu'à aller voir vous-mêmes. Et puis il y a des gens qui comptent sur mon travail.

— Je n'ai pas envie de mourir pour ces gens qui comptent sur ton travail, si tu veux savoir, répliqua la jeune femme.

— Alia, pourquoi on ne pourrait pas les garder encore rien qu'un jour ou deux ? Dans deux jours, j'aurai presque terminé mes recherches.

Elle resta muette. Mais les contradicteurs étaient en nombre et ne tardèrent pas à le harceler.

— Deux morts en moins d'une journée, ça ne te suffit pas ? ajouta Trapani.

— Tout le monde sait que nos organismes sont affaiblis par ce séjour dans l'espace et qu'on est plus que jamais sensibles au moindre virus, décréta Sorenson. Il faut se débarrasser de ces animaux, Chang, on n'a pas le choix.

— Si on pouvait parler avec la base, ils nous diraient de le faire, renchérit Springer.

Chang ignora ces remarques complaisantes pour proposer à Alia une simple mise en quarantaine des animaux. L'argument ne fut d'aucun effet. Elias crut devoir intervenir à son tour.

— Chang, nous devons protéger la vie, c'est vrai, dit-il, avec dans la voix des accents soudains d'ecclésiastique. Je peux comprendre tes réticences. Sacrifier des créatures vivantes est toujours un acte dramatique. Mais nous mettre en péril, en toute connaissance de cause, c'est d'une certaine façon aussi attenter à la vie.

Alia reprit bientôt d'une voix officielle :

— Il existe aussi dans nos sociétés un principe de précaution et ce principe nous rappelle que…

— Je me fous de vos principes de précaution ! s'énerva Chang. Je me fous de votre avis ! Je me fous de ce que vous pensez !

Alia se contracta et fit un effort évident sur elle-même pour se contenir. Trapani intervint à sa place, offusqué par ce manque de respect.

— Ne lui parle pas comme ça. L'agence aurait pu te virer depuis longtemps. Tu ne le sais pas ou tu fais semblant de ne pas le savoir ?

Alia refusa de s'engager sur ce terrain et tenta de nouveau de le convaincre.

— Nous savons que tu t'es attaché à ces bêtes, Chang, et on peut le comprendre, dit-elle d'une voix pleine de pondération et un peu hautaine.

Les enfants aussi sont attachés à eux. Mais il faut garder la tête froide. Essaie d'analyser la situation. Dans deux semaines, si tout va bien, tu seras revenu sur terre...

Sorenson crut devoir appuyer cette argumentation d'une salve ironique.

— Et tu pourras voir autant d'oiseaux que tu le souhaites, des oiseaux de toutes les espèces, de toutes les formes, de toutes les couleurs, qui chantent de toutes sortes de façons...

— Tu veux que je te dise le fond de ma pensée, Chang ? renchérit Trapani.

Il laissa s'écouler quelques secondes pour donner plus de poids à ses paroles.

— Tes expériences, elles sont inutiles. Ecoute bien ce mot : INUTILES, dit-il, en appuyant chaque syllabe. Ça va faire un siècle que l'agence dépense des fortunes pour envoyer tes bestioles dans l'espace. Et franchement ça a servi à quoi à part nourrir une cohorte de scientifiques dans ton genre ?

— Et, pendant ce temps-là, ils réduisent nos budgets et les effectifs, renchérit Springer. A cause de ça, ils n'ont même plus les moyens de détecter une tempête solaire. Tu trouves ça normal ?

— Peut-être que nous devrions voter ? suggéra Felten, resté jusqu'alors muet dans un coin de la pièce.

Il avait de l'indulgence pour ce jeune scientifique qui avait accumulé trop tôt les succès et comme lui avait été mis au ban de l'agence.

— Voter ? répéta Trapani.

— Oui, voter pour décider si nous sacrifions ou non ces animaux. Car cela revient à réduire à néant toutes les recherches de Chang.

— Non, non, on ne vote pas, trancha Sorenson d'une voix ferme. On élimine tout de suite les animaux.

Il proposa que les salamandres soient jetées dans une cuvette des sanitaires qui les broieraient avant de les éjecter dans l'espace avec le cylindre des déjections humaines. Il invita Elias à s'en charger.

Sorenson ajouta qu'il était prêt à effectuer lui-même une sortie spatiale pour les débarrasser de l'oiseau dont il aurait au préalable brisé le cou. Il en profiterait pour éliminer toutes les fioles encore stockées dans le laboratoire et pouvant être à l'origine d'une contamination.

Il suggéra aux autres d'aller pendant ce temps désinfecter le vaisseau.

— Du moins, les principales pièces, précisa-t-il.

— Les deux robots nettoyants sont dans le module logistique, indiqua Trapani. Il y a aussi une dizaine de bouteilles de solvant et des filtres de rechange.

— Très bien.

Il n'y eut pas d'objection, et tous se séparèrent.

Chang s'éclipsa la mort dans l'âme pour retourner au labo. Alia le regarda partir. Elle trouvait sordide l'idée qu'on allait étrangler son bel oiseau pour s'en débarrasser. Elle culpabilisait un peu d'avoir été l'instigatrice d'une décision si radicale. Avant de s'éclipser à son tour, elle s'approcha de Sorenson.

— Je pense que tu devrais lâcher le quetzal encore vivant dans l'espace.

Le pilote d'engin s'étonna de cette proposition.

— Pourquoi ça ?

— C'est un bel hommage qu'on pourrait ainsi lui rendre, justifia-t-elle. Il sera le premier volatile à appréhender le vide interstellaire. J'imagine que ça atténuera un peu le chagrin de Chang.

Sorenson eut une expression de perplexité avant de se rendre à cette suggestion.

Elias et Felten revinrent quelques minutes plus tard les bras encombrés de bouteilles orangées ainsi que d'un stock de masques. Springer se chargea d'en faire le recensement tandis qu'Alia en fit la distribution. Trapani programma les deux robots nettoyants qui circulaient à grande vitesse dans le vide, analysant le moindre déchet qu'ils regroupaient ensuite dans un espace de recyclage hermétique où ces déchets étaient traités. Les spationautes appliquèrent les masques sur leurs visages, et commencèrent leur corvée. Trapani accompagna Alia jusqu'aux installations sportives puis astiqua les sièges et appareils de la salle de sport. Felten s'occupa de la salle centrale de maintenance ainsi que de l'enfilade de bornes de pressurisation qui se trouvait à proximité, ce qui n'était pas une mince affaire.

Lorsqu'on frappa à la porte, une demi-heure plus tard, Chang ne chercha pas à résister. Sorenson et Springer pénétrèrent à l'intérieur de son labo, équipés de gants et de masques qui leur mangeaient la moitié du visage. Leurs yeux furetèrent dans la pièce avec une certaine méfiance. Il y avait plusieurs ordinateurs, fixés au plan de travail principal, sur lesquels on pouvait distinguer des schémas détaillés affichant toutes sortes de données et de courbes. Sur la paroi adjacente s'alignaient des sondes, quantité d'appareils de mesure : spectromètre à diffraction, spectromètre à fluorescence X, chromatographe, instruments de pyrolyse, analyseur de molécules prébiotiques, scellés sur leur socle, ainsi qu'une quarantaine de fioles et de pipettes partiellement remplies de substances inconnues et variées, offrant une gamme de couleurs allant du jaune dense au marron clair.

Sous la table principale, au centre de la pièce, derrière des vitres d'une parfaite propreté, apparaissaient une dizaine de petits sacs de graines, des tubes de poudres nutritives et des feuilles de salades modifiées génétiquement et placées dans de petits plastiques pliés en deux. Chang, visage sombre, sans masque, s'était placé dans le coin opposé du labo, dos tourné, exilé dans son chagrin et son amertume.

Au fond, Chang ne s'était jamais senti bien parmi les humains dont il ne comprenait pas les aspirations, les énervements, les frustrations, les nécessités. Il n'éprouvait de bien-être véritable que dans son laboratoire, entouré de ses animaux, de son oiseau, dans cette paix où il trouvait son refuge.

Tout au long de ces semaines, le quetzal d'Amazonie aux couleurs chatoyantes, au bec effilé, avait été pour lui d'un précieux réconfort. Le biologiste avait aimé tous les animaux qu'il avait emmenés lors de ses précédentes missions, mais celui-ci plus que tous.

Chang avait pris l'habitude de faire un détour chaque matin pour aller saluer son compagnon. Dans son laboratoire qui sentait le chloroforme et les graines de sésame grillées, il lui parlait à voix basse et l'entourait de mille petits gestes et touchantes attentions. Ainsi, avec une parfaite sollicitude chaque jour renouvelée, il versait dans la trappe aspirante le contenu d'un petit sachet de nutriments protéiniques jusqu'à atteindre la graduation blanche, vérifiait s'il avait bu durant la nuit et rajoutait au besoin quelques millilitres d'une solution vitaminée dans la pipette de succion s'il constatait une baisse excessive de son rythme cardiaque. Une fois par semaine, le samedi en général, il effectuait la mise en gravité de la pièce, afin que les délicats muscles de ses ailes ne s'atrophient pas. Le laboratoire était le seul endroit bénéficiant de cette technologie coûteuse qui équipait déjà tous les nouveaux vaisseaux. Lorsqu'une gravité proche de la gravité terrestre régnait enfin dans la pièce (l'opération demandait un peu moins d'une demi-heure), il sortait l'oiseau de sa cage, le laissait voler un long moment, et généralement le quetzal venait ensuite se poser sur sa main. Alors commençait le nettoyage de son délicat plumage à l'aide de petites lingettes parfumées à l'anis.

Dans un silence funeste, Springer et Sorenson déverrouillèrent méticuleusement la gaine qui fermait la cloche en verre de l'oiseau. L'animal les observait avec curiosité, par d'infimes et rapides mouvements de tête, mais ne semblait pas s'effrayer de cette agitation étrange autour de lui, touchant de confiance aveugle et de soumission. Puis, surmontant la répugnance que ces animaux lui inspiraient, Sorenson saisit une à une les salamandres qui furent ensuite placées dans la boîte en plastique que tenait son compère.

Elias les rejoignit et assista aux derniers préparatifs. L'astrophysicien regrettait d'avoir été désigné pour se débarrasser des salamandres, mais il n'osait pas contredire la décision de Sorenson. Il était contraire à ses principes de tuer des animaux. Il s'approcha de Chang et lui tapota amicalement l'avant-bras.

— Les écoliers comprendront. On leur expliquera ce qui s'est passé. Ne t'inquiète pas.

Chang haussa les épaules avec un air dédaigneux. Sorenson prit la boîte contenant les salamandres des mains de Springer, dans laquelle se tortillaient les petits reptiles. Il la tendit sans un mot à Elias. Avec une sombre résignation, ce dernier s'éloigna en direction des sanitaires pour s'acquitter de sa corvée. Il entra bientôt dans l'étroite pièce, s'approcha des étriers de fixation et des entonnoirs antiseptiques, puis commença à glisser un à un les reptiles dans le broyeur. Une expression chagrine sur le visage, il s'appliqua à les compter :

— 26... 27... 28... 29... 30... 31.

Il regarda l'analyseur de rejets organiques qui affichait des données aberrantes, propres à affoler tout le personnel médical de la base.

Une fois qu'il eut terminé, il s'empressa de ressortir et alla rejoindre Sorenson. "C'est bizarre, se dit-il à lui-même tout en ondulant dans la coursive centrale, je pensais que Chang nous avait dit qu'il y en avait trente-deux." Mais il n'en était plus très sûr. Il rejoignit Sorenson et s'évertua à l'aider dans ses préparatifs de sortie.

Un quart d'heure plus tard, le pilote d'engin lunaire engagea la manœuvre automatique d'ouverture du sas, respectant la procédure habituelle. Une fois l'accès déverrouillé, après avoir pris soin de fixer au préalable son câble de sécurité, il s'élança vers l'extérieur, en tenant l'oiseau devant lui, glissant vers une lumière oblique, iridescente, merveilleusement ciselée. "Après cela, pensait-il, je serai le mieux placé pour larguer le serveur *Eternel* et ma désignation coulera de source." La membrane flexible se referma derrière lui, faisant virevolter une nuée de cendres crépusculaires dans le tunnel de sortie. Il se propulsa dans le vide et le silence, affichant une aisance ostensible. Il s'orienta sur une dizaine de mètres jusqu'au module d'arrimage au fuseau argenté, évitant de trop se tenir à la glissière de maintien qui courait le long du métal et des tuiles thermiques. Le vaisseau, environné de ténèbres, lui renvoyait à présent des reflets d'acier qui s'enflammaient d'éclats saisissants. Il résolut de poursuivre son avancée, longeant les pinces gyroscopiques repliées sur la paroi convexe, jusqu'à distinguer là-bas, dans l'éclat aveuglant du Soleil, le renflement métallique des deux réacteurs directionnels. Il s'immobilisa près de la veine de propulsion, jeta un coup d'œil circulaire sur l'effrayant cosmos, ouvrit solennellement la sacoche étanche, plongea sa main à l'intérieur, saisit l'oiseau dont il sentit la fragile chaleur sous son gant épais, et le libéra au-dessus de lui. Ce dernier, dans un réflexe pathétique et désespérément terrestre, battit des ailes pour s'envoler, avant de s'interrompre aussitôt. Il fut alors secoué d'un violent soubresaut, comme si le diable prenait possession de son corps. Il virevolta avec ivresse plusieurs fois sur lui-même, en une succession de mouvements désarticulés, comme pour se défaire de ce ciel d'absolu bien trop noir et bien trop vaste dans lequel il venait de tomber, piège immense qui l'asphyxiait, l'engloutissait, le consumait dans son vide.

On le vit dans sa rapide dérive essayer de remuer une fois encore ses ailes aux reflets mordorés dans un infime sursaut de panique presque burlesque, semblant ne pouvoir se résoudre à comprendre les règles qui régissaient cet univers, mais après une ultime et violente convulsion il se figea pour de bon, foudroyé.

Ce fut un spectacle stupéfiant, d'une parfaite cruauté, d'une beauté atroce et cynique. Lentement le petit oiseau s'écarta alors, ailes déployées et rigides, vaincu et apaisé. Il s'enfonça dans les ténèbres du monde qui l'avait engendré, proie si curieuse et merveilleux aboutissement, miracle de l'évolution remontant à la source de son histoire, errant vers la matrice brûlante, noire et chaotique du mystère des origines.

Sorenson détourna son regard de l'animal supplicié qui disparaissait au loin puis, après s'être prestement débarrassé de quelques fioles, il résolut de retourner vers l'intérieur du vaisseau, se souvenant que sa réserve en oxygène allait bientôt s'épuiser. Il se sentait soulagé de la décision prise. Il avait accompli sa mission et retournait vers un lieu dont la sécurité bactériologique se trouvait rehaussée grâce à lui.

Tandis qu'il rebroussait chemin, en se tenant à la lisse de la paroi déclive, une anomalie technique lui fut signalée par son ordinateur de bord. Un message clignotait sur l'écran intégré à son casque. Un signal qu'il ne connaissait pas, l'informant que la procédure de dépressurisation en cours de sa combinaison se déroulait de façon optimale, "suivant les instructions demandées". Il était impossible qu'une telle opération eût lieu à cet instant, alors qu'il se trouvait à plus de cent mètres de l'écoutille d'accès et qu'il ne l'avait pas autorisée. Il envisagea d'abord une perturbation de l'affichage à cristaux liquides sous l'effet des rayonnements cosmiques. A moins que la tempête n'eût provoqué une désynchronisation générale de sa combinaison qui fonctionnait à présent sans tenir compte des instructions préprogrammées. L'esprit en alerte, il pianota sur la commande fixée sur son avant-bras gauche afin de déverrouiller l'automatisme et de passer en mode manuel pour s'assurer de l'annulation de l'opération. Mais, de façon incompréhensible, il constata que l'accès lui était désormais refusé. Il enfonça fébrilement et simultanément les deux touches latérales afin de réinitialiser tout l'équipement. Impossible : le quadrillage de l'écran de contrôle, à présent figé, affichait un numéro DNS qui l'informait qu'un ordinateur externe avait pris le contrôle de sa combinaison. Ce numéro le renseignait sur sa localisation. Il s'agissait d'un ordinateur situé dans la salle de briefing.

Cet astéroïde, c'est l'avenir de notre nation. C'est la cause universelle dont nous avions besoin.

Le monde semble vouloir se passer de nous. Le monde ne veut plus de notre hégémonie.

Il faut susciter envers notre nation un élan de sympathie, lui rendre son pouvoir de fascination, sa capacité à produire du rêve...

Il faut une cause universelle qui rassemblera derrière nous l'ensemble de l'humanité, nous rendra indispensables, nous placera en sauveurs.

Puisque la Providence a mis cet astéroïde sur notre route, il faut nous en servir. Ainsi nous parviendrons à briser le déclin inexorable de ce pays.

Ce sera alors un nouveau départ, le signe de la rédemption. Et bientôt notre rêve pourra reprendre. J'en suis certain à présent.

Elias était retourné dans sa cabine, un peu perturbé par le sacrifice dont il s'était rendu coupable et qui allait à l'encontre de ses principes moraux.

Après avoir vérifié les repères célestes prédéterminés nécessaires à l'orientation automatique du vaisseau, il s'installa sur sa couchette. Il lâcha ses cheveux et susurra une prière d'action de grâce à Marie, avant d'empoigner le livre des hadiths et de lire la sourate d'ouverture. "Au nom de Dieu, le Tout Clément, le Tout Miséricordieux. Louange à Dieu, Seigneur des Mondes. Le Clément, le Miséricordieux. Maître du jour du Jugement. C'est Toi que nous adorons, de Toi seul implorons le secours. Guide-nous dans le droit chemin. Chemin de ceux que Tu as comblés de bienfaits, non de ceux que Tu réprouves, ni des égarés."

Pour les avoir étudiées attentivement, sous l'angle de la création du monde et de la confrontation à l'univers tout entier, il avait acquis une compétence indiscutée en matière de religions, qui l'avait conduit à s'exprimer à plusieurs reprises lors de colloques importants. La publication de sa thèse de doctorat de huit cents pages chez un éditeur prestigieux lui avait valu une notoriété qui dépassait le cadre universitaire. Les différentes communautés religieuses ne manquaient pas depuis quelque temps de le solliciter, appréciant son savoir encyclopédique et sa manière respectueuse et humble d'exprimer son point de vue, en sachant ne froisser personne. Le Vatican lui avait ouvert à vie les portes de sa prestigieuse bibliothèque afin qu'il puisse progresser dans ses travaux. On l'avait vu préfacer un ouvrage philosophique de référence publié par la British Academy et intervenir devant un collège de maîtres de conférences arabisants pour exprimer son point de vue sur une querelle naissante autour des survivances du paganisme en Arabie sous l'hégire. Quant à ses conférences sur le Web, elles étaient très attendues et rassemblaient chaque fois plusieurs milliers de passionnés.

Depuis qu'il avait été sollicité par un éditeur pour écrire une autobiographie dont le titre provisoire était *Le Spationaute de la foi*, il s'astreignait chaque après-midi à rédiger au moins deux feuillets dans sa cabine, afin de décrire son parcours atypique. Il racontait son enfance dans un immeuble gigantesque de Dubaï, il décrivait le quotidien d'une famille aisée – un père haut fonctionnaire tunisien, une mère d'origine syrienne responsable d'une succursale bancaire – et une jeunesse d'enfant unique réfugié sur le Net dans cette ville en déclin, grandiloquente et absurde. Bien sûr, dans les pages restant à écrire, il évoquerait sans nul doute cette lettre adressée au pape à l'âge de dix-neuf ans et le cursus en théologie chrétienne qui s'était ensuivi, parallèlement à son doctorat en astrophysique à l'université de Rome. Une décennie plus tard, le destin s'était manifesté à lui par le biais d'une curieuse annonce émanant d'une agence spatiale à la recherche d'ingénieurs et chercheurs de haut niveau. Le parcours atypique de ce musulman mystique, ouvert aux autres révélations religieuses, avait intéressé les recruteurs de l'agence.

Au fil des heures passées à écrire dans la station lunaire, il était toutefois apparu à Elias qu'il ne devait pas se contenter d'accumuler les anecdotes sur sa vie, mais plutôt livrer une véritable réflexion sur l'homme et nos sociétés, et sa nécessaire confrontation avec l'espace, confrontation qu'il jugeait indispensable pour permettre à l'humanité de s'extraire de ses limitations mentales, d'acquérir enfin la dimension spirituelle et pacifique qui lui faisait toujours défaut. En éprouvant ce territoire sans limites, en l'intégrant à leur vie quotidienne au lieu de s'efforcer d'en ignorer le vertige, les hommes feraient l'apprentissage, pensait-il, d'une sagesse nouvelle de l'existence. Il importait dans cette perspective de démocratiser davantage le tourisme spatial par des financements publics massifs et de faire de ces voyages vers la Lune un instrument de paix sociale, interculturelle et interconfessionnelle.

Après ses deux pages d'écriture, se sentant las, il décida de s'accorder une courte sieste et mit ses lunettes de sommeil.

Il n'aimait pas s'imposer cet aveuglement qui engendrait parfois une désagréable sensation d'étouffement, mais il se disait qu'il était indispensable de tenter de s'assurer le repos le meilleur possible après ces événements abominables. Il fallait récupérer du stress accumulé et retrouver un biorythme acceptable. Les parois de l'alvéole de couchage diffusèrent un nuage d'ions relaxants sur son visage, tandis que la cellule infrarouge de confort lui massait l'hypophyse et différents points de la colonne vertébrale. Son taux de relaxation, mesuré par les capteurs sensoriels, demeurait bien en deçà de la norme habituelle et l'ordinateur lui avait suggéré de s'appliquer la sonde de sommeil sur l'avant-bras pour un repos de courte durée. Il ne tint pas compte de cette proposition et ferma les paupières. Malgré l'obscurité artificielle, il apercevait de rapides flashs : de lourdes et invisibles particules venaient frapper sa rétine, comme une pluie de micro-météorites aux trajectoires effilées et abrasives. Il songea qu'il se trouvait exposé, malgré le blindage, aux rayons pernicieux de l'agitation solaire. A quoi pouvaient ressembler à cet instant les protubérances gigantesques là-bas sur l'astre de feu ? les colères de ce soleil auxquelles ils se trouvaient soumis ? Flammes attisées dans la nuit charbonneuse, puissantes radiations dévorantes et nocives… Comment son père aurait-il réagi à sa place face à tous ces drames ? Sans doute se serait-il tourné vers Dieu, implorant sa protection. Sur le thème de la religion, les années les avaient rapprochés. Curieux comme la maturité pouvait modifier la perception que l'on avait du monde, pensa-t-il. Le monde n'est plus le même lorsqu'on est armé de la foi.

Il écoutait à présent le vrombissement des ventilateurs. Il songeait qu'il avait fini par s'accoutumer à ce bruit de fond permanent, éreintant, auquel on ne prêtait attention qu'au moment de dormir. Il tendit l'oreille, essaya d'en détailler les différentes composantes. Ce bruit, ce n'était pas seulement les ventilateurs, c'était aussi l'alimentation électrique, les ordinateurs, le circuit d'oxygénation, les thermosenseurs, le réseau d'alarme. Ce magma sonore était après tout préférable au silence assourdissant de l'espace. Il songea à un ami qui, lorsqu'il était enfant, aimait à s'endormir au souffle d'un sèche-cheveux allumé en arrière-fond.

Oui, ce ronronnement du vaisseau avait quelque chose de rassurant. C'était la preuve que tout fonctionnait bien, qu'il évoluait toujours dans le halo de l'humanité, qu'il restait au contact des hommes. A force d'écouter, d'ausculter ce bruit de fond, il sembla pourtant percevoir autre chose. Un son irrégulier, en arrière-plan, lui parvenait sans qu'il sût en déterminer l'exacte origine. S'agissait-il du circuit d'alimentation de recyclage de l'eau qui irriguait *Lunar 5* ? Possible. Pourtant cet écho lui parut trop sourd pour n'être attribué qu'au seul recyclage des fluides. Cela parvenait à faire légèrement vibrer la paroi au niveau de sa cabine, tout particulièrement sur la section derrière lui. Il ne reconnut pas non plus les modulations irrégulières si caractéristiques des circuits de maintenance. Il retint sa respiration. Il n'entendit plus rien durant quelques minutes. Puis de nouveau un coup, suivi d'un autre, de plusieurs autres, à cadence régulière cette fois. Il lui apparut comme une évidence que cela provenait de l'extérieur, quelque chose cognait non loin de là contre la structure du vaisseau, un câble peut-être, une pièce métallique mal fixée dont la soudure avait lâché. Le vaisseau souffrait de vétusté, ce n'était un secret pour personne. Il retira ses lunettes, se tourna vers le hublot mais ne vit rien à part l'obscurité céleste, limpide et percée de minuscules points lumineux. Il n'entendit plus rien de nouveau et s'apprêtait à se recoucher lorsque à quelques centimètres, juste de l'autre côté, surgit dans une vision d'horreur le visage retourné, atrocement déformé de Sorenson qui cogna du front contre la vitre semi-opaque, ses yeux exorbités offraient une fixité effrayante, la bouche était entrouverte, figée sur un cri qui ne pouvait sortir, cernée d'une bave épaisse qui semblait avoir gelé. Son casque avait été arraché, ses cheveux blonds étaient recouverts de givre et sa peau paraissait anormalement tendue, racornie, comme si elle avait rétréci sous l'effet du froid sidéral, ajoutant encore un degré supplémentaire à l'expression de douleur qui émanait de ce visage, suffoqué, rougi, dévoré par le Soleil.

Elias défit au plus vite la sangle en nylon qui le maintenait plaqué à mi-hauteur contre la paroi gauche de sa cabine, s'écarta de la vitre d'un geste impulsif et se propulsa vers la tablette du pupitre auxiliaire. Il flotta jusqu'à la porte, gagna le tunnel principal pour se soustraire à cette vision abjecte. Sur la gauche, vers le point de jonction des modules, il savait pouvoir trouver l'alarme centrale. En quelques dizaines de seconde, il y parvint, hors d'haleine, épouvanté, souleva d'une main nerveuse la coque de protection plastifiée, tira la manette orangée. Dans les coursives adjacentes, à distance régulière, des lumières jusqu'alors en sommeil s'allumèrent et, presque aussitôt, un signal sonore retentit. Par l'ouverture rectangulaire et large, qui se trouvait là à côté de lui, il osa rejeter un coup d'œil vers l'extérieur en attendant que les autres le rejoignent. Ce hublot sombre, aux capacités hautement filtrantes, offrait un angle de vue appréciable sur toute la partie gauche du vaisseau, où l'on apercevait la plate-forme optique et plusieurs cylindres de télédétection. L'astrophysicien put constater que Sorenson flottait dans le vide, retenu au niveau de la taille par le câble de sécurité en acier, recouvert de nylon. Tout son système d'alimentation en oxygène avait été arraché, il ne restait que sa ceinture de fixation reliée à un crochet et, à l'endroit où son scaphandre était le plus endommagé, un faisceau de fils électriques devenu apparent.

Au soir de l'élection, tu étais là à mes côtés, fière de moi. J'étais heureux de t'offrir ce moment, cet accomplissement de nos vies, la récompense de tant de sacrifices que tu avais faits au cours de tant d'années. Nous avions l'impression que la terre entière nous aimait, nous flottions dans une sorte de béatitude. C'est un moment très fort, cette charge émotionnelle que le monde vous envoie. Nous étions dans l'émotion, submergés, incapables de faire surgir la moindre pensée négative de nos cerveaux. Notre compassion était sans limites, notre optimisme également. Nous baignions ensemble dans un sentiment aigu d'irréalité.

Je me demande comment tout cela s'est produit, j'ai besoin de comprendre.

Plusieurs faillites retentissantes. La récession qui s'accentue. Un chômage à des niveaux inégalés. Les critiques qui s'amplifient. Ces rumeurs sur nos revenus, ces soupçons d'enrichissement personnel dans cette affaire remontant à une quinzaine d'années. La conjonction de faits qui amorce le désastre. Le pays qui menace d'éclater. Tout cela, oui. Peut-être étions-nous trop faibles. Nous sous-estimions le feu de leur puissance. Autour de nous, comme une toile obscure s'est tissée, nous enserrant comme deux proies démunies.

Ce fut le retour brutal à la réalité. Le respect changé en haine.

— Dépressurisation explosive, constata Trapani, une fois le corps ramené à l'intérieur. Il est sans doute mort en une poignée de secondes. Son sang s'est mis à bouillir dans ses veines, il a commencé à suffoquer. Puis il y a eu l'embolie, très rapide. Sa peau s'est trouvée brûlée par le Soleil. Quelques minutes plus tard, quand il était déjà mort, il s'est retrouvé dos aux rayons solaires et son visage a gelé avec le froid à – 150 degrés.

— Comment cela a-t-il pu arriver ? interrogea Elias, effrayé.

— Le système d'alarme de sa combinaison n'a pas fonctionné ou alors trop tard.

— Ce serait la première fois qu'un scaphandre ne signale pas un défaut d'étanchéité, releva Felten d'une voix sombre.

Springer venait de perdre son complice de toujours. Il restait silencieux, abasourdi, au fond de la pièce.

— Vous pensez que c'est cette tempête ? finit par demander Alia.

— Le commandant a dit qu'il n'y avait aucun risque avec la combinaison que nous avons, rappela Trapani.

— Si vous n'aviez pas décidé de tuer mes animaux, ce ne serait jamais arrivé, nota Chang.

Cette mort faisait resurgir chez Felten trop de mauvais souvenirs qu'il ne pouvait supporter. Ecourter cette mission lui apparaissait nécessaire.

— On passe tout en mode manuel et on rentre. Je peux le faire si vous m'autorisez. Dès maintenant.

Trapani secoua la tête.

— Non, mon gars. C'est une opération irréversible. Tu ne peux pas le faire. Après-demain, le serveur sera largué et ensuite le vaisseau nous ramène à la maison.

— Qu'est-ce qu'on va dire pour expliquer tous ces morts ? s'étrangla Springer.

— Ils devront remettre en cause leurs méthodes, grommela le technicien. Ils ont commis de belles erreurs et ils en assumeront tout seuls les conséquences…

— Tu en as dit trop ou pas assez, Trapani, fit Felten qui le regardait fixement afin de lire ses pensées.

— Non, je n'ai rien à dire de plus, lui rétorqua-t-il.

— On dirait que le sort s'acharne sur nous, commenta Alia, qui semblait perdue.

— Le sort ? Quel sort ? réagit Springer, soudain excédé. C'est pas le sort qui a tué Sorenson. C'est quelqu'un ! Quelqu'un qui se trouve ici, parmi nous, et qui fait semblant de ne rien savoir…

— Et ce quelqu'un, d'après toi, ça peut être qui ? interrogea Alia d'une voix neutre.

Springer évita son regard.

— Tout ce que je sais, c'est que ce salopard, je vais le débusquer et lui faire payer ce qu'il vient de faire. Et on se chargera de dénoncer à notre retour la façon dont cette mission a été organisée.

— Je n'ai rien manigancé contre vous, déclara Felten. Vous n'avez aucune raison de me croire, mais je vous le dis quand même.

Cette mort leur rappelait à tous le fameux "accident" auquel il avait été mêlé trois ans plus tôt. Le rapport d'enquête avait été un modèle d'ambiguïté. Felten n'y avait pas été mis en cause ouvertement, mais on avait évoqué la possibilité d'un "acte intentionnel" tout en retenant la thèse de l'accident. Son exclusion de l'agence spatiale n'avait fait ensuite que renforcer la suspicion à son égard. Et l'on se disait que l'agence, avec la complicité des autorités, avait cherché à étouffer le scandale bien plus qu'à faire surgir la vérité à un moment où l'espace redevenait un enjeu politique majeur.

Felten s'était trouvé au centre de considérations qui le dépassaient. Mais cela ne lui avait pas épargné l'hostilité de beaucoup. Elle était moins souvent venue de l'opinion publique que des acteurs du secteur spatial qui voyaient peut-être en lui une menace pour la pérennité de leur activité. La mort de Simpson avait ainsi donné lieu à un petit feuilleton bien peu empreint de solidarité, qui avait vu plusieurs spationautes de l'agence spatiale faire circuler une pétition pour exiger des sanctions à son égard.

Felten avait alors choisi de s'exiler durant près d'une année. Son couple n'avait pas résisté à cette séparation. C'est là-bas au Niger qu'un émissaire de l'agence spatiale était venu le trouver pour lui proposer cette nouvelle mission destinée à l'achèvement de la station lunaire. A la terrasse d'un grand hôtel dominant le fleuve, survolé des mouvements frénétiques et silencieux de grandes chauves-souris noires, il lui avait expliqué que l'achèvement de la station lunaire exigeait des spationautes expérimentés, et qu'on avait décidé de lui offrir une seconde chance.

— Je veux terminer cette mission du mieux possible et puis rentrer chez moi et retrouver mon fils. Tout le reste pour moi est secondaire. Même ma carrière, si vous voulez savoir. Je me fous d'aller sur Mars. Ça n'a plus d'importance.

— C'est du bluff, avertit Springer. Ne l'écoutez pas.

— Ce n'est pas du bluff. Je me retire de cette compétition. Ça ne m'intéresse plus.

— Si tu penses qu'en te retirant maintenant tu vas échapper à la justice, tu commets une lourde erreur !

— Je n'ai toujours pas compris pourquoi ils sont allés te chercher, commenta Trapani. C'est pas le genre de la maison de redonner comme ça sa chance à quelqu'un.

Alia vint à la rescousse de Felten.

— Arrêtez, s'il vous plaît.

Le technicien souffla.

— On sait de quoi on parle, Alia... Toi, tu n'étais pas là quand ça s'est passé.

— Je ne m'attendais pas à revoler un jour, confia Felten. Si vous voulez savoir, j'en ai été le premier surpris.

— Ce type veut se venger de nous ! lança Springer à Alia. Il veut nous tuer un par un parce qu'on a signé la pétition.

Voyant que Springer commençait à perdre sa lucidité, Trapani l'entraîna un peu plus loin en le tenant par l'épaule.

— Calme-toi, lui dit-il à voix basse. OK, je comprends que t'as les nerfs à vif, mais nom de Dieu essaie de te maîtriser ! Tu vas quand même pas craquer maintenant. Pas toi. Pas maintenant.

— Tu sais aussi bien que moi ce qu'il a fait à Simpson, s'alarma Springer.

— Et si on l'enfermait ? proposa Trapani. Qu'est-ce que t'en penses ? Ça serait plus sûr en attendant, non ?

Springer approuva, un peu boudeur.

Passé un bref moment de trouble, Felten, qui avait entendu des bribes de leur conversation, défit sa ceinture.

— Je ferai comme vous voudrez mes chers camarades. Je me conforme à votre décision. Si ça peut vous permettre de vivre plus longtemps…

— On va tous mourir, gémit Chang.

— Arrête de dire n'importe quoi, lui asséna Trapani au passage.

Alia demanda à haute voix :

— Vous me donnerez un passe magnétique pour que je puisse lui apporter ses repas ?

Trapani sembla un peu surpris qu'elle se porte ainsi volontaire, mais acquiesça.

Le technicien de bord et Felten progressèrent bientôt dans le long couloir, sans prononcer un mot. Trapani déclencha l'ouverture de sa couchette individuelle. Felten y pénétra sans le regarder. Le technicien le lorgna tandis qu'il flottait près du hublot :

— J'ai fait cela pour te défendre, mon pote. Tu comprendras peut-être un jour…

Après cela, le technicien rentra à son tour dans sa cabine. Il éprouvait le besoin de s'isoler un peu. Il se passa une serviette humide sur le visage avant de plaquer sa tempe contre le flanc incurvé de la paroi externe, assailli de pensées douloureuses. Dans la vitre au filtre opaque, il contempla son visage mat, aux traits épais, son crâne presque chauve, sa peau caramel déformée sur le côté droit, jusqu'à l'oreille, après l'explosion d'une turbine, trente-six ans plus tôt, lors d'essais propulsifs au centre spatial de Sriharikota. C'était le commandant qui lui avait permis d'entamer une nouvelle carrière dans les ateliers de l'agence après l'accident dont il avait été victime. A l'époque, le savoir-faire des techniciens de maintenance issus du programme spatial indien était prisé et il avait fallu peu de temps à Aris pour obtenir son embauche.

A présent, rien ne se passait comme prévu et il avait envie de rentrer. Mais pour quoi faire ? Le technicien avait caressé un temps l'espoir de se joindre à une mission sur Mars en tant que pilote d'engin de construction, mais il savait désormais qu'on ne lui permettrait pas de suivre la formation appropriée. Le service du personnel ne voulait pas miser sur lui à cause de son âge et peut-être aussi de ses origines. Le programme d'exploration était sans doute trop stratégique pour que l'on prenne le risque d'y associer un spationaute d'origine indienne, pouvant être la source d'un transfert de technologie vers un pays concurrent.

Il sentait qu'il risquait désormais de passer un sale moment dans ce vaisseau, comme sur terre d'ailleurs. Quant à la nièce du patron, elle s'émancipait d'une façon qu'il n'appréciait pas. Pour qui se prenait-elle à lui donner des ordres de cette manière ? Le mieux toutefois était de ne pas s'isoler, jugea-t-il. Il devait prendre sur lui. Il retourna vers la salle de briefing en pensant au déroulement des faits dramatiques qui venaient de se produire. Il essayait de reconstituer dans sa tête les cheminements de chacun et de dresser une liste de suspects. Il savait que les caméras étaient en nombre insuffisant pour offrir une sécurité totale. Il aperçut bientôt Alia qui venait vers lui.

— Où vas-tu ? demanda-t-il avec une perplexité un peu naïve.

— Dans ma cabine. Je dois écrire une oraison funèbre.

— Une oraison funèbre ?

— C'est Elias qui me l'a demandé. Il organise dans une heure un cérémonial pour Aris, Evon et Sorenson.

Trapani la retint par le bras.

— Attends, viens avec moi, s'il te plaît, j'ai quelque chose à te montrer.

Il y a des choses que l'on ne peut pas dire. Votre fierté vous en empêche. La fatigue physique, cette formidable machine à broyer qui se met en branle. Je n'ai jamais évoqué cet enfermement sous l'œil public que constitue l'exercice du pouvoir. Je crois que personne n'est jamais véritablement préparé à subir une telle épreuve. Et puis il y a le travail, le formidable stress, l'envie irrépressible de dormir qui vous tombe dessus parfois dans l'après-midi. Vous ingurgitez alors ce qu'il faut de médicaments, toutes sortes de produits car si vous reportez vos décisions, si vous ne tranchez pas immédiatement, vous êtes submergé, vous sombrez à plus ou moins brève échéance.

Toujours j'ai voulu aborder la réalité dans sa complexité, sans jamais chercher les raccourcis. J'ai voulu prendre le temps de la réflexion et non agir dans l'urgence pour donner l'illusion que j'agissais vraiment, pour calmer les impatiences.

Mais j'ai compris que c'était impossible, que je ne pourrais travailler sur la durée. Je devais penser à mon image, surveiller les sondages, penser aux échéances électorales, j'étais sous pression, sous contrôle, sous l'emprise des communicants. Mon pouvoir me paraissait immense et cependant j'en éprouvais amèrement les limites. Je n'étais pas dans le vrai. Je n'étais pas dans la vérité de mon être. J'étais dans l'hypocrisie et le jeu. Je devais entretenir le mensonge. Je devais faire semblant, faire semblant d'être à mon aise, confiant, d'être au mieux de ma forme. C'était mon rôle. C'est un travail d'acteur que l'on me demandait. Je devais insuffler de l'énergie, faire croire que j'avais des solutions pour redresser ce pays. Or je n'en avais pas. Il n'y en avait pas.

Ma première requête d'accéder aux images que les caméras enregistrent là-haut reste sans suite durant plusieurs heures. Je sens une certaine réticence de la part des responsables de l'agence spatiale à me donner plus d'explications. Devant mon insistance, on finit par me relater les faits ennuyeux dont le vaisseau Lunar 5 *est le théâtre. Je commence par les engueuler sur l'organisation de cette mission et sur son projet même dont je n'ai jamais été informé.*

J'exige de pouvoir suivre tout ce qui se passe à bord.

Ces types m'expliquent qu'ils ont préféré ne pas donner une trop grande publicité à cette mission, m'en donnent les raisons et je comprends mieux leur embarras. Mais il est scandaleux qu'ils aient agi sans mon accord. Il est préférable de ne pas intervenir, me disent-ils. Mais, à ce compte, en restera-t-il un de vivant ?

Trapani fit entrer Alia dans la salle des combinaisons après avoir jeté un coup d'œil derrière eux dans le couloir.

Les équipements s'alignaient dans une odeur de plastique. Tout y était en ordre. Les casques se trouvaient là, les matériels électroniques, les scaphandres dans leur gaine rigide ainsi que des équipements de rechange sur des rayonnages supérieurs à structure tubulaire.

Seule manquait la combinaison de Sorenson, rappelant le triste sort dont il avait été victime.

Trapani empoigna sa propre combinaison et commença à l'enfiler. Alia le regardait, interloquée par son attitude.

— Qu'est-ce que tu vas faire ?

— Sorenson n'était pas seul quand il a mis sa combinaison spatiale… Quelqu'un l'a aidé.

— Oui… peut-être et alors ? Ce n'est pas très facile d'enfiler ce truc.

— Exact. C'est beaucoup plus pratique de se faire aider par quelqu'un.

Il termina d'enfiler la combinaison. Restaient à placer les équipements d'appoint. Il écarta les bras et se tourna vers elle.

— Vas-y, dis-moi comment on s'y prend…

Elle avait passé des soirées entières à étudier cela dans sa cabine et elle était fière de pouvoir en montrer le résultat. Elle répondit en bonne élève.

— Eh bien… la personne aide le spationaute à fixer les systèmes internes, les mécanismes compensateurs ainsi que la réserve en oxygène.

— Parfait. Et dans quel ordre on fait tout ça ?

Elle commença à s'exécuter.

— On fixe d'abord les éléments du système à l'avant… puis l'oxygène et les circuits biofonctionnels à l'arrière, et enfin les…

— A l'arrière, as-tu dit, releva le technicien. Les circuits biofonctionnels à l'arrière. Et quels moyens le spationaute a-t-il de savoir que cet équipement a bien été fixé, derrière lui ?

— Il y a le système de vérification automatique.

— Bien entendu. Et est-ce qu'on a pour habitude d'utiliser le système de vérification automatique des défauts d'étanchéité, qui se trouve dans la salle de logistique, quand on n'enfile pas son scaphandre dans cette pièce et que l'on est très pressé ? Est-ce qu'on penserait à effectuer ces vérifications, comme l'exige pourtant le règlement, si un spationaute de confiance, qui s'est par ailleurs proposé d'aller vous le chercher pour vous faire gagner du temps, s'en charge à votre place ?

Il marqua un temps puis reprit :

— Ce spationaute aurait pu oublier de fixer une sangle… Mais il aurait pu aussi introduire une erreur de programmation dans les circuits internes de survie avant de l'apporter. Cela prend cinq minutes si l'on s'y connaît…

— Qui était avec lui ? demanda Alia, intriguée.

Trapani secoua sa grosse tête.

— Elias…

— Tu penses qu'il l'a saboté ?

— Je ne sais pas, mais ce type n'est pas clair. C'est un illuminé. Rappelle-toi que c'est lui qui a découvert le corps d'Evon.

— Il est venu me parler un soir, confia Alia. Il m'a dit que nous étions tous des créatures de Dieu, des trucs de ce genre. Je crois qu'il a essayé de me convertir. Il paraît qu'il veut créer un nouveau mouvement religieux.

— Oui, une quatrième religion.

— Peut-être qu'il a besoin de ce largage pour élargir son mouvement ? C'est sûr que ça pourrait lui ramener quelques fidèles. Il y a assez de tarés sur cette planète pour être fascinés par ce genre de choses. Tu crois vraiment que ça pourrait être lui ?

— Alia, on doit se méfier de tout le monde.

D'ordinaire inusitée, l'étroite pièce de l'infirmerie avait été transformée en morgue temporaire.

Faute de place, Elias avait dû aligner les corps à la verticale, sanglés sur la table principale inclinable, à laquelle on avait adjoint des panneaux de fixation récupérés dans la réserve logistique et maintenus de chaque côté par des croix de fixation.

Vers 17 heures, les quatre spationautes Alia, Trapani, Chang et Springer s'y retrouvèrent.

L'impression laissée par ces trois cadavres raidis, en surplomb, dans leur housse qui les enserrait entièrement, était saisissante. On semblait voir là trois totems d'une croyance profane, trois momies blanches dressées dans le vide.

Des vapeurs de désinfectants médicaux et d'ammoniac altéraient un peu plus l'air confiné de la pièce qui prenait à la gorge. Sur les parois incurvées, l'astrophysicien avait disposé plusieurs tubes de liquide réfrigérant, retenus par du ruban adhésif, qui laissaient échapper une vapeur glacée destinée à refroidir la pièce dont le modulateur thermique, tombé en panne, ne descendait plus au-dessous de 15 degrés.

La carrure imposante de Sorenson se distinguait entre toutes, mais Elias avait tenu à griffonner au marqueur les noms de chacun : "Evon", "Aris", "Sorenson".

Elias, emmitouflé dans des vêtements épais, un bonnet en laine vissé sur la tête, se positionna face à ses collègues puis improvisa une prière destinée à leurs camarades. Ce moment n'incitait guère à la dispute mais bien à la méditation et au recueillement. Tous semblaient vouloir afficher des gages de bonne volonté. Etant donné les circonstances, Springer s'était enfin décidé à enfiler des chaussons de mission et avait soustrait pour la première fois depuis longtemps ses orteils à la vue de ses acolytes. Chang avait mis son masque, comme pour signifier qu'il renonçait à s'opposer au reste du groupe, qu'il se montrait solidaire de ses camarades et respecterait leurs décisions. Alia avait ceint son bras d'un lacet noir en signe de deuil et allumé l'encens qu'avait apporté l'astrophysicien. Ce fut un moment de paix apparente, d'affliction fraternelle et de consolation. Elias récita d'une voix de paisible exaltation un texte soufi qui lui tenait à cœur, quelques extraits des Béatitudes et un Ave Maria. Dans l'espace exigu de la pièce, sa voix pieuse et caressante glissa parmi eux tel un fluide réparateur. Au beau milieu de la violence, il est toujours une trêve incongrue à laquelle les hommes font semblant de croire tout en sachant que le combat reprendra tôt ou tard. Trapani murmurait des prières approximatives tout en surveillant avec méfiance les agissements de l'astrophysicien. Il s'avança bientôt à son tour pour prendre la parole. En tant qu'aîné de l'équipage, il lui revenait d'évoquer les disparus et il trouva les mots justes pour rappeler le parcours de chacun, quelques souvenirs personnels, des anecdotes qui reflétaient selon lui la personnalité exceptionnelle de ces camarades qui s'étaient consacrés corps et âme à la conquête spatiale. Il rappela les arrivées tonitruantes de Sorenson à moto sur le parking du centre spatial où il faisait d'impressionnants dérapages ; le succès du commandant lors de la deuxième mission de retour sur la Lune et l'humour dont il avait jalonné son interview là-bas après la pose de la première "pierre" de la station. Il parla du sérieux et de l'humilité d'Evon, de sa passion pour la musique qui l'avait conduit à donner plusieurs récitals de piano, notamment lors des deux derniers galas annuels de l'agence.

En l'écoutant, Chang et Elias se prirent la main en un geste d'apaisement et de communion presque émouvant. Une fois rendu ce premier hommage improvisé, Alia tira de la poche ventrale de sa combinaison une petite table numérique sur laquelle figurait son oraison funèbre. Elle commença à lire d'une voix officielle.

"Aris, Evon, Sorenson, vous avez été pour nous des frères, des compagnons irremplaçables, des amis. La mort est venue à présent vous chercher dans ce lieu auquel vous avez consacré de si nombreuses années. Vos morts sont incompréhensibles et injustes. Elles nous laissent avec nos doutes et nos interrogations. Elles font de nous des orphelins qui cherchent à comprendre et ne comprennent pas. Sans vous, aucune des grandes explorations qui se préparent n'aurait jamais été possible. Les spationautes qui prendront bientôt le départ vers Mars sauront ce qu'ils vous doivent. Cette administration n'a peut-être pas toujours été à la hauteur de vos espérances, mais je sais qu'elle vous rendra l'hommage que vous méritez. Aris, Evon, Sorenson, vous auriez aimé mourir ici, dans ce lieu qui vous passionnait tant, auquel vous avez consacré votre vie. Vous êtes comme des soleils éteints qui laissent un grand vide derrière eux. Reposez en paix, chers spationautes, dans le silence des mondes infinis…" Elle rangea pudiquement la tablette numérique. Trapani commença à applaudir, mais se ravisa voyant qu'il était le seul.

Quelques minutes plus tard, la trappe de sortie libéra les trois cadavres qui dérivèrent ensemble dans la nuit sidérale. Massés derrière le hublot d'observation astronomique, leurs collègues les virent doucement s'évanouir, trois linceuls blancs en forme de chrysalide, absorbés par le néant, trois larves s'enfonçant dans les eaux sombres d'un lac.

Enfermé dans sa cabine, Felten observait d'un air absent la carte vivante du ciel. Le captif plaça son œil sur le viseur optique emprunté à Elias, en modifia la focale, puis régla la crémaillère de mise au point. Il ausculta le ciel à l'aide d'une mosaïque complexe de capteurs, noirceur hostile aux milliers de points incandescents. S'agissait-il de Bételgeuse là-devant, ou alors de la constellation du Capricorne ? Il n'était pas aisé de se repérer à cette distance de la Terre. Il aimait d'habitude les lignes de fuite de ces constellations, Scorpion… Orion… les Pléiades…, le dessin imaginaire que formaient ces étoiles. Mais là, en cet instant, le ciel ressemblait à une énigme insoluble, des sources de lumière interchangeables, parsemées au hasard des ténèbres.

Il lut sur son ordinateur la dernière lettre reçue de son fils. C'était une lettre qu'il lui avait adressée peu avant le départ de la station lunaire. Il avait hâte d'en recevoir une nouvelle. Un peu d'oxygène dans ce climat délétère.

Cher papa,

J'ai regardé plein de fois tes vidéos sur la Lune. J'aimerais jouer au football moi aussi avec toi là-bas. Je suis sûr que je te marquerais plein de buts ! Tu me manques beaucoup. Quand tu vas rentrer ?

On nous a pas donné encore de date pour ton arrivée, mais dis-nous si toi tu sais quelque chose. J'irai t'attendre dans la salle des familles. Bon, je te laisse car mes copains sont là pour l'entraînement. De toute façon, je t'ai déjà tout dit. Reviens vite, papounet, je t'aime.

On frappa à sa porte. La cloison s'effaça. Alia apparut, inclinant son buste à l'intérieur.

— Je peux ?

Elle lui tendit un plateau repas et une bouteille d'eau. Il s'en saisit, et la remercia. Au menu : salade de kiwis et tomates, curry de thon au lait de coco et tarte meringuée à la mangue.

Elle sortit aussi de sa poche un passe magnétique et le lui donna avec un air volontaire.

— Prends ça…

Il reçut le passe d'une main hésitante.

— Tu es sûre ? Qu'est-ce qu'ils vont dire ?

— Ils n'en sauront rien… Si nous ne le leur disons pas.

— Pourquoi tu me donnes ça ?

Elle eut un air un peu étrange.

— Je n'aime pas l'idée que nous t'avons enfermé.

Elle s'éclipsa sur ces mots. Il resta un moment à tenter d'expliquer son geste complice. Elle prenait un risque en agissant ainsi. Trapani aurait peu apprécié de savoir qu'elle lui avait donné son passe. Cela voulait dire qu'il pouvait sortir. En même temps, une chose dérangeait Felten : la jeune femme n'avait-elle pas insisté sur le danger qu'il courait ? Elle lui avait demandé de ne pas quitter sa cabine pour cette raison. Alors pourquoi dans ce cas lui en donnait-elle à présent les moyens ?

Je les observe sur les écrans, me gavant d'excitants que l'on m'a procurés. Je dois connaître ce matériau humain qui s'anime devant moi, tenter d'en tirer le meilleur, le transcender. On m'a fourni leurs dossiers, toutes sortes d'éléments biographiques, leurs profils ADN. J'essaie de deviner ce que tu penserais d'eux.

Du fond de mon lit, je vois aussi s'agiter à présent les gouvernements, j'assiste aux angoisses des populations, à la préparation des hôpitaux, aux mouvements des armées. J'assiste aux violences sporadiques, aux émeutes, aux comportements irrationnels. De ces forces destructrices, soudainement libérées, je veux faire surgir une ère nouvelle. Je prolonge le chaos car le chaos est nécessaire au nouvel ordre que je vise. Le chaos, c'est ma chance de sauver ce monde et de sauver notre histoire.

Mais ces nouveaux décès là-haut me scandalisent.

Personne à l'agence ne comprend ce qui se passe. Ils semblent tous démunis.

Voici donc les hommes sur lesquels je veux construire notre futur qui s'entretuent sur le seuil de la notoriété, de l'éternité que je m'efforce de leur offrir. Sont-ils à ce point affligés eux aussi des pires atavismes de l'espèce humaine ? Sont-ils eux aussi à ce point méprisables ?

Les responsables me proposent d'interrompre l'opération et de tout leur révéler, mais je refuse. Nous irons au bout de ce qui a été engagé ! J'avertis tout le monde qu'il n'est pas question que mon plan échoue.

Ils vont faire tout leur possible pour mener leur enquête et démasquer le coupable dans les plus brefs délais. Sept caméras fonctionnent dans le vaisseau. Pas assez pour suivre les déplacements de chacun. Quant à celle du poste de pilotage, elle a été déconnectée la nuit de l'assassinat du commandant.

Le vaisseau baignait dans une tranquillité morbide. Ils restèrent là une bonne partie de la soirée, sans volonté de se séparer ni véritable envie de rester ensemble, ni de se nourrir.

Chang était dégoûté. Il ne voulait plus sortir de sa cabine. Ils l'avaient appelé à plusieurs reprises pour venir manger mais il refusait de les rejoindre.

— Et si on le désignait, lui ? proposa Alia. Ça compenserait l'anéantissement de ses travaux.

— Franchement, je trouve ça bête, répliqua Springer. Il ne s'y connaît pas. C'est la meilleure façon de faire rater ce largage.

— Je peux lui expliquer dans le détail la manœuvre, fit Trapani. La procédure est assez simple. Mais enfin je ne suis pas sûr non plus que ce soit une bonne idée. Il est très jeune. Il n'a pas les nerfs solides.

— Moi, je crois au contraire que la jeunesse est un avantage. Nous lui avons ruiné ses ambitions. Il est démoralisé.

— Qui nous prouve qu'il n'a pas assassiné Sorenson ? Il y tenait beaucoup à son animal. Peut-être qu'il a voulu le punir de l'avoir sacrifié.

— Alia, je pense qu'une nuit nous porterait conseil, fit Trapani. Je te propose d'attendre jusqu'à demain matin.

Elle semblait un peu déçue. Elle pensait que son avis serait de plus de poids.

— Bon, je vais me coucher, fit-elle.

— T'es fâchée ? demanda le technicien avec anxiété.

— Non, ça va. Tu peux m'accompagner ?

Il détacha sa ceinture ventrale.

— Oui, oui, bien sûr, je t'accompagne.

Springer se leva à son tour.

— Non, non, j'y vais, moi. Ça peut être dangereux.

Trapani le considéra d'un air indécis puis abdiqua.

— Pas de mauvais coup, Springer. On t'a à l'œil.

Ce dernier ne daigna pas répondre.

Ils glissèrent dans le large couloir uniformément éclairé, immergé dans un calme oppressant. Alia, qui le précédait, avait préféré laisser une certaine distance entre eux. Elle regrettait que Trapani ne fût pas venu avec elle. Elle ne faisait aucune confiance à Springer. Avec son corps élancé, ses bras maigres et tatoués qu'il exhibait en permanence, ses cheveux mi-courts et sa boucle d'oreille, elle ne parvenait pas à le saisir ni à décrypter ses intentions.

Elle entraperçut au loin le tunnel translucide où versait un soleil dur faisant scintiller les arcs métalliques de la structure en acier. Tout en ondulant de façon reptilienne, Springer revint à sa hauteur avec fluidité :

— Pourquoi tu ne m'as pas répondu ?

— A quoi ? dit-elle d'une voix détachée.

— Au message que je t'ai envoyé…

Un léger malaise sembla s'emparer d'elle, auquel elle s'efforça de ne pas donner prise. Elle n'osait pas lui dire qu'elle avait trouvé ce message déplacé et hors de propos. Et il était confondant de le voir aborder de nouveau ce sujet en dépit des drames qui avaient secoué l'équipage.

— Je ne savais pas trop quoi te dire en fait…

— Un spationaute t'avoue que tu lui plais, qu'il est attiré par toi, et tu ne sais pas quoi lui dire… ? Tu ne prends même pas le temps de lui répondre ?

Elle se réfugia dans un silence gêné tout en s'appliquant à accélérer un peu avec la grâce habituelle qui accompagnait chacun de ses mouvements.

— Moi, à ta place, je crois que je lui dirais simplement merci, poursuivit Springer, moralisateur, en se laissant couler derrière elle. Il y a plein de femmes à la base qui n'attendraient que ça.

— Alors merci, Springer, répliqua-t-elle à mi-voix, sans se retourner, avec une légère effronterie qui la surprit elle-même.

Ils gagnèrent l'extrémité de la section principale sans plus échanger une seule parole.

Parvenue au module privé, Alia entra dans sa cabine qui s'ouvrit à son approche.

— Ce n'est pas bien, ce que tu as fait, lâcha Springer avant qu'elle ne s'engage dans la modeste pièce. Je te le dis comme je le pense et je me moque de qui tu es la nièce.

Son regard reluqua froidement le corps délectable de la jeune femme qui disparut à l'intérieur. On entendit le capteur magnétique verrouiller la cloison rétractable. Springer resta seul dans le couloir, il hésitait à aller dormir ou retourner discuter avec Trapani. Il décida de rebrousser chemin jusqu'au module de commandement, tout en songeant à l'impudence de la jeune femme. Elle cherchait à lui résister. Elle lui faisait le coup de la froideur. Elle ne jouerait pas longtemps avec lui à ce petit jeu. Il tempéra ses sentiments qu'il savait par moments contradictoires. C'était peut-être au fond ce qui lui plaisait, l'effronterie dont il la savait capable. S'accentuait en lui la volonté de la soumettre, de l'assujettir à son désir et ce, de la façon la plus sauvage qui soit. Si elle avait choisi Chang, c'était sans doute parce qu'ils avaient passé de longs moments ensemble à discuter avec les enfants. Elle culpabilisait de l'avoir trahi en décidant de sacrifier ses animaux, mais il trouvait injuste qu'il en subisse lui à présent les conséquences. Grâce à ses lézards et son volatile, ce môme allait peut-être décrocher sa sélection pour Mars alors qu'il avait mis l'équipage en péril avec ses expériences hasardeuses. C'était insupportable.

Il détailla le décor obsolescent de ce vaisseau usé, moteur-fusée chimique conventionnel de première génération dont le métal par endroits commençait à s'oxyder.

Sur les poutres de la structure du pont intermédiaire, les joints laissaient apparaître plusieurs fissures. A l'issue de ce vol, *Lunar 5* serait réformé. Destiné à un musée probablement, spécula-t-il avec dégoût. A moins qu'il ne soit démantelé et ses matériaux recyclés. Après les drames qui venaient de s'y dérouler c'était une hypothèse plausible... Peu importait le sort qu'on réservait à ce vaisseau vétuste. Il n'éprouvait aucun attachement pour cet appareil qui l'avait pourtant conduit à deux reprises sur la Lune. Springer avait même conçu une intense vexation à l'idée de se trouver associé à un engin technologiquement aussi dépassé, dépourvu du nouveau moteur plasmique à poussée variable, dépourvu du système de confinement magnétique, dépourvu des dernières technologies de gravité artificielle. Ce vaisseau affectait son moral. Avait-il démérité au point d'être privé des premières intrusions du futur ? Etait-il à ce point obsolète lui aussi ? Seul le laboratoire était doté d'un intensificateur de gravité. Dans leur grande sagesse, les responsables avaient décidé d'équiper en priorité le secteur des animaux...

Finalement, il fit demi-tour et se décida à aller dormir. Il devina que le sommeil serait difficile à trouver et qu'il aurait besoin d'un somnifère.

Le lendemain, dès 8 heures, Alia tambourina à la cloison de Chang. Elle voulait lui demander s'il était d'accord pour se charger du largage, avant d'insister davantage auprès de Trapani et de Springer. Mais le biologiste n'ouvrit pas. Elle l'appela. Alerté par ces bruits, Trapani sortit à son tour, encore un peu ensommeillé. Alia s'adressa à lui.

— Chang ne répond pas. Je ne sais pas ce qui se passe.

Trapani s'approcha et déverrouilla la porte à l'aide du passe magnétique qu'il sortit de sa sacoche. Chang n'était pas à l'intérieur.

Cinq minutes plus tard, après qu'Elias et Springer les eurent rejoints, les quatre spationautes empruntèrent l'axe central du premier module.

— A tous les coups, il est retourné dans son labo pour reprendre ses expérimentations, lança Springer. Ce gars-là, c'est un vrai malade.

Ils s'engouffrèrent dans le tunnel translucide, balayé d'un souffle frais, puis au débouché du nœud d'intersection pénètrent dans la salle de mesure scientifique du second module, déserte. Sur la droite, l'étroit couloir d'accès conduisant au laboratoire était vide et s'enveloppait d'une lumière diaphane presque inquiétante. Ils essayaient d'évaluer les possibilités d'une attaque dans la géométrie complexe du pont intermédiaire. Trapani fit signe à Alia de rester en retrait. Derrière eux, le prolongement du couloir offrait à la vue ses alignements impeccables de lumière bleutée.

Ils reprirent leur prudente progression, le long des profils métalliques de la structure secondaire, dans laquelle leurs regards furetaient avec anxiété vers les accès annexes.

— T'avais raison, il est là-dedans, commenta bientôt Trapani.

Au-dessus de la porte du laboratoire clignotait le voyant lumineux orangé indiquant qu'une gravité artificielle avait été introduite momentanément à l'intérieur. Trapani s'approcha puis appela d'une voix puissante :

— Chang, tu es là ?

Il s'écoula quelques instants d'un silence parfait. Les flux entrecroisés de la climatisation leur parvenaient. Souffles presque imperceptibles qui suscitaient en cet endroit une sensation aiguë de froid. Il s'avança, colla son oreille contre la porte.

La lampe témoin verte, placée à gauche, les informait de la diminution récente du champ gravifique, les pressions de chaque côté de la cloison s'étaient égalisées. D'ici quelques minutes, l'apesanteur régnerait de nouveau à l'intérieur de la pièce et ils pourraient en ordonner l'ouverture.

Trapani tapa le code de visualisation de la pièce, permettant de forcer, en cas de nécessité, tous les accès communs. Ils fixèrent alors l'écran au-dessus de l'entrée, sur lequel défilaient à présent des images, trois plans successifs de bonne qualité qui s'enchaînaient à intervalles réguliers.

Tous demeurèrent pétrifiés devant ce spectacle.

Chang flottait en apesanteur, retenu au plafond par une corde serrée à la base du cou, le visage violacé, affreusement convulsé. Partout autour de lui flottaient librement tubes, flacons et ustensiles divers, comme dans un étrange et odieux manège.

Ils durent patienter encore quelques minutes à supporter la vision abjecte des molles oscillations de leur compagnon dans ce chaos d'objets mouvants avant de pouvoir se glisser dans la pièce. Trapani, Springer et Elias s'empressèrent de détacher le cadavre. Alia s'activa à saisir tous les tubes à essai libérés dans le module, qui formaient un fouillis invraisemblable et sinistre. Elle se montra rapide et efficace, comme s'il lui importait de faire cesser au plus vite cette offense à la méticulosité de celui qui en avait eu la charge. Elle empoigna avec agilité les bocaux en tous genres contenant des embryons de salamandre, la cage brisée de l'oiseau, les boîtes de coton hydrophile, les sondes d'alimentation, qu'elle entrava dans les placards inférieurs dotés de sangles de fixation sous la table de mesure nanométrique.

Ils étendirent et sanglèrent le corps martyrisé de Chang sur le plan de travail de son sanctuaire profané. Ils restèrent ensuite un long moment sans rien dire à le regarder. Puis Elias prononça à mi-voix une litanie de prières.

J'ai demandé que mes rideaux restent fermés. Je ne veux plus qu'entre ici la lumière du jour. Je porte ton deuil. Je ne veux que la lumière des écrans pour m'éclairer.

Très souvent, j'ai rêvé de me défaire de tout cela. De recouvrer ma liberté, tu le sais. Elle approche…

Je n'ai plus peur. Plus peur de leur déplaire. Plus peur de leur jugement. Je vais bientôt te rejoindre. Je veux pour nous ce dernier coup d'éclat. Et ensuite tout sera fini.

J'ai enroulé ton châle autour de ma lampe de chevet. Ta boîte à bijoux est restée posée sur la commode. J'ai conservé dans la salle de bains tes parfums et tes crèmes. Parfois je m'y rends juste pour les contempler et les toucher. Je me prépare à te rejoindre, mon amour, et je ne veux pas te décevoir. Tu verras, je serai le grand homme que tu voulais que je sois.

Je retourne à ma chaise recouverte d'un coussin en velours vert élimé, sur laquelle je réinvente notre destin. Je suis un homme vieillissant qui souffre de problèmes de dos et qui s'apprête à modifier le sort de millions d'êtres. J'ai conscience que le scandale serait immense si l'on me démasquait.

Mais ils ne peuvent plus rien me faire. Car je suis déjà avec toi, dans l'outre-monde.

Derrière la coupole rotative à vitre blindée semi-opaque, il semblait que l'univers, dans sa violence immémoriale, drainât des coulées de hurlements inaudibles, un sang noirci qui dégorgeait à l'infini. Quatre des cinq spationautes encore vivants fixaient à présent ce cosmos, mutiques et perdus, calés dans les alvéoles individuelles aménagées le long de la paroi incurvée, les yeux tournés vers les cieux obscurs qui les environnaient, vers la toute-puissance insaisissable.

— Vous pensez qu'il s'est suicidé ? questionna Alia.

— Très probable, répondit Trapani. Ses recherches étaient la seule chose qui lui importait.

— C'est un peu de ma faute, ajouta Alia. C'est moi qui ai dit qu'il fallait supprimer ses animaux.

— Il n'y a pas de raison de s'en vouloir, intervint Springer. C'était la meilleure chose à faire.

— Un peu bizarre qu'il n'ait pas laissé de message pour expliquer son geste, releva Elias. On aurait pu s'attendre à trouver une lettre de sa part.

— Il a peut-être eu trop honte de ce qu'il a fait, commenta Trapani.

— Dans combien d'heures on sera au point Alpha ? questionna Springer.

— Quinze heures, fit Trapani.

— Et la communication ?

— Toujours pas rétablie.

— Nous annulons le largage du serveur, n'est-ce pas ? demanda Alia.

Trapani secoua la tête.

— On n'annule rien…

— Vraiment ?

— C'est ce serveur qui nous porte la poisse, fit Springer. Un vrai catalogue des horreurs humaines, ce truc : guerres, génocides, homicides, misères en tous genres. Il faut qu'on s'en débarrasse. C'est la seule façon de faire cesser le carnage. Il a raison.

— Ne tombe pas dans l'irrationnel, le contredit Trapani. Il nous faut accomplir l'objectif de cette mission. C'est uniquement ça.

— Chaque fois que l'un d'entre vous est désigné, fit Alia, il est entraîné dans la mort. Il vaudrait mieux tout arrêter.

— Je n'ai pas peur, répliqua Springer.

Les plages faculaires brillaient intensément. Baignant dans la basse couronne solaire et soutenues par un puissant champ magnétique, les nappes de gaz froid s'exacerbaient en jaillissements violents et en éruptives protubérances sur des longueurs allant jusqu'à cinquante mille kilomètres de sa surface.

— Tu veux faire ce largage malgré les rayonnements ? demanda-t-elle.

Springer la regarda bien dans les yeux :

— Oui, je suis prêt à prendre le risque. Je n'ai pas peur. Même si je n'ai pas emporté de crème solaire…

Trapani éclata d'un rire franc. Alia se contenta d'un petit sourire.

Springer se rendit bientôt dans la salle de sport pour s'entraîner. Il lui fallait être en pleine forme pour réussir cette opération qu'il imaginait éprouvante. En tirant sur les extenseurs, il repensa à la jeune femme. Elle était sans doute à moitié séduite... Qu'importe si elle était un clone ou quoi que ce soit d'autre, elle avait l'air de bien aimer quand il faisait étalage de son humour. Il se serait bien vu lui faire une demande en mariage avant le retour sur terre. Juste après le largage. Une fille normale trouverait ça forcément romantique. Irrésistible même. Mais était-ce une fille normale ? Elle ne s'y attendrait pas en tout cas. Il allait le faire. A son retour. Original. Olympien. Il pensa à sa mère. Il l'imaginait apprenant qu'elle serait bientôt grand-mère. Alors palpitations, grand Dieu, merci Seigneur. Plein de gratitude, oui, pour ce sourire qu'elle avait eu. Il lui ouvrait des perspectives presque aussi exaltantes que le largage. La nièce du patron de surcroît. Inespéré.

Pendant ce temps, Trapani rédigeait un rapport sur les faits en cours. Alia s'était, elle, rendue dans le module privé pour alerter Felten du décès de Chang, avant de regagner sa cabine.

Bouleversé par la mort du plus jeune spationaute à bord, Felten résolut de faire cesser le massacre.

Il s'installa à son bureau amovible, alluma le séquenceur de communication. Bien qu'il la sût inopérante, il voulait vérifier la liaison et tenter d'entrer en communication avec la base. Il plaça sur ses oreilles les écouteurs et pianota sur le clavier la fréquence appropriée, éclairé de sa lampe de lecture. Il était peu probable que cela fonctionne, le débit de télémétrie semblait très faible, même en mode Ka. Derrière les filtres opacifiants du hublot, les ténèbres palpitaient d'innombrables étoiles.

Il passa en revue les différentes séquences terrestres préprogrammées. Le scanner défila rapidement sans décrypter le moindre signal avant de s'immobiliser. Quelques secondes s'écoulèrent, des grésillements irréguliers lui parvinrent, un son distordu, il songea à l'émergence d'une boucle de polarité qu'accentuait l'instabilité solaire. Le champ magnétique perturbait la bande de transmission à très haute fréquence. Pourtant, après un court silence, il capta une conversation. Une voix atténuée qui donnait des instructions sur le largage en préparation. Une autre, plus distincte, demandait des précisions en chuchotant. Elle semblait provenir de quelqu'un à bord, quelqu'un qui parlait avec parcimonie et méfiance, comme s'il craignait d'être découvert... Mais le plus surprenant, c'était qu'on parlait de lui, lui sembla-t-il : “Il n'est pas sorti de sa cabine ?” La voix à bord du vaisseau répondit : “Non, bien sûr...”

Il crut reconnaître l'intonation de Trapani.

Une heure plus tard, Springer rejoignit son compartiment privé, le tee-shirt trempé de sueur, pour prendre une bonne douche. Il retira aussitôt ses chaussons de mission qui lui provoquaient des démangeaisons et les regarda avec mépris s'élever l'un après l'autre dans l'habitacle.

“Vous êtes comme des soleils éteints qui laissent un grand vide derrière eux.” La nièce du patron n'avait pas lésiné sur la poésie pataude lors de son hommage à Sorenson. En revanche, pas une seule référence à l'engagement syndical du défunt. “Pas par hasard”, jugea-t-il. Il se déshabilla et entra dans le conduit translucide à haute pression, et en ressortit une demi-minute plus tard, lavé, rincé et hydraté.

Si sa carrière au sein de l'agence spatiale n'avait pas pris la tournure escomptée, songea-t-il, c'était peut-être à cause de l'influence de Sorenson avec lequel il avait passé des après-midi entiers à rédiger des communiqués, à pointer les défaillances de l'agence, à tenter de rallier l'ensemble des spationautes à leur cause.

Ce qu'il pouvait faire froid dans ce vaisseau ! Il vérifia la température : 18 degrés. Tout ce qu'il y avait de plus normal. Il flotta jusqu'au miroir intégré à la cloison. Sale gueule, pensa-t-il. La lumière blafarde des halogènes n'était certes pas avantageuse, mais tout de même… Il inspecta son cou, ses bras, puis son torse. Fort heureusement, il n'avait aucun de ces foutus boutons dont Evon était recouvert. Il se détendit un peu. Le virus l'avait pour l'heure épargné, c'était déjà ça. Il se souvenait d'ailleurs de n'avoir jamais approché Evon de trop près après sa contamination. Ce soir-là, il avait pris son repas entre Chang et Aris, comme à l'ordinaire. Les habitudes avaient parfois du bon, songea-t-il, tout en s'abandonnant à la paresse de l'apesanteur.

A présent, il se sentait accablé de fatigue. Il n'avait presque pas dormi de la nuit et décida de se reposer une heure.

Il déroula son confortable duvet bleu, garni de plumes d'oie, dans l'alvéole molletonnée abritant sa couchette. Il se sentait fourbu. Sans doute le contrecoup de la tension accumulée. Il était temps de se reposer s'il voulait effectuer cette délicate et exténuante sortie spatiale.

Une certaine tendresse le submergea en pensant à sa mère. Elle serait fière de lui lorsqu'elle saurait ses futurs exploits. Mais, au bout de dix minutes de félicitations, elle ne pourrait s'empêcher de lui demander s'il s'était enfin décidé à lui donner des petits-enfants. Encore fallait-il qu'il trouve une femme pour cela... Mais justement il pensait l'avoir trouvée. Une quinzaine d'années d'écart, rien d'insurmontable. Ils formeraient un beau couple.

Il se coula à l'intérieur de son sac, avec une longue expiration. Il profiterait de la fin d'après-midi pour vérifier toute la procédure de pressurisation d'urgence du scaphandre. Alia serait sans doute intéressée d'y assister. Il lui proposerait de venir. Brusquement, il ramena ses jambes vers lui. Son pied venait d'entrer en contact avec quelque chose de froid et visqueux. Il saisit sa lampe de poche, éclaira le fond du duvet. Il vit quelque chose bouger, qui disparut... Puis soudain, dans le faisceau lumineux, il aperçut deux petits yeux apeurés. Une salamandre !

Une fois l'équipage informé, on convoqua Elias dans la salle de commandement. Alia, Trapani et Springer l'accueillirent avec des regards accusateurs. Springer avait saisi une barre de fer dans le module logistique, qu'il tenait des deux mains, nerveusement.

— Vous vous méprenez, se défendit l'astrophysicien. Je n'ai tué personne.

— Tu étais chargé de supprimer les salamandres et tu ne l'as pas fait, indiqua Trapani.

— Il m'a semblé qu'il en manquait une lorsque je les ai jetées. Mais je n'étais pas très sûr du nombre. Et d'ailleurs pourquoi aurais-je fait cela ? Pour quel motif ?

— Pour éliminer les autres et faire ce largage à leur place, répliqua Springer sur un ton agressif. Ou pour aider ton groupe religieux.

— On a entendu dire que tu avais travaillé pour une secte, l'an dernier, acquiesça Trapani.

Elias leva les yeux en l'air en prenant un air offensé, qui se transforma en sourire :

— J'ai été invité à un séminaire, cela n'a rien à voir... Et il ne s'agissait pas d'une secte, vous mélangez tout. Je me suis déjà expliqué plusieurs fois à ce sujet.

Il chercha du regard Alia pour obtenir son soutien.

— Ton oncle a dû t'en dire quelque chose, non ?

Elle le regarda avec un air distant.

— En tout cas, il paraît que tu as été bien payé, asséna Trapani.

— C'était une somme ridicule. Bien inférieure à ce qui a été dit.

— Tu as aidé Sorenson à enfiler sa combinaison, n'est-ce pas ? demanda la jeune femme.

— Sorenson m'a demandé d'aller la lui chercher, alors j'ai obéi. Springer était là, il l'a entendu me le demander. Il se tourna vers lui. Oui ou non ?

— Oui, c'est vrai mais tu as mis beaucoup de temps à revenir. Je me souviens de m'en être fait la réflexion. Tu as très bien pu la lui saboter dans l'intervalle...

Elias secoua la tête avec dépit. Il ne trouverait de toute évidence aucun appui parmi eux.

— Il est inutile de rester avec vous. Je retourne dans ma cabine. Si quelqu'un veut me voir, il saura où me trouver.

Il défit sa ceinture et quitta la pièce en ondulant avec lenteur.

— Beaucoup de rumeurs circulent. On prétend que vous cachez des informations à la population. Certains murmurent que la mission Lunar 5 *servirait de laboratoire à des expériences dangereuses interdites et que la station lunaire serait destinée à abriter des expériences jusqu'alors interdites sur terre.*

Je réponds avec calme.

— J'ai entendu ces accusations, et je regrette qu'il se trouve hélas des journalistes pour les relayer en ce moment. Je les réfute bien entendu. Ce sont des accusations fantaisistes.

— Certains experts prétendent aussi que le vaisseau Eternel *n'aura jamais le temps d'atteindre la trajectoire supposée de la météorite et de l'intercepter. Ils disent que le bras manipulateur est inopérant ou qu'en tout cas il ne serait pas suffisant pour dévier une météorite de cette dimension.*

Je secoue la tête. Petite grimace de douleur rentrée. Peiné par tant d'injustice à mon égard. Grande souffrance pudique. Je rigole intérieurement.

— Ces scientifiques se trompent. Nous tenons à leur disposition toutes les données techniques nécessaires pour le leur prouver.

Je prends le temps d'une réflexion, j'acquiesce. Davantage d'emphase maintenant.

— Puisque vous m'en donnez l'occasion, je voudrais en profiter pour lancer un appel aux experts

du monde entier. Je voudrais rappeler la responsabilité qui est la leur, au moment où nous sommes confrontés à une menace globale d'une ampleur exceptionnelle, et leur demander d'éviter les déclarations péremptoires ou polémiques qui ne font qu'accroître l'inquiétude des populations. J'en appelle solennellement à leur sens civique. Je crois que la communauté scientifique internationale a un rôle primordial à jouer durant cette crise. Elle doit prendre la mesure de cette responsabilité. Les scientifiques doivent, d'une certaine manière, se mettre au service du sauvetage en cours, expliquer en quoi consiste la tentative de déviation qui va être menée et non s'évertuer à la dénigrer. Il est normal que les scientifiques s'interrogent, je ne le conteste pas, mais je dirais qu'il y a un temps pour la discussion et un temps pour l'action. Et je crois que l'heure n'est plus à de vains débats.

— C'est l'opération de la dernière chance ? demande un correspondant étranger, avide d'appréhender le monde de façon schématique.

— Je n'aime pas tellement ce genre de formule, mais inutile de cacher que les heures qui s'annoncent seront cruciales. Si nous échouons après-demain, il est fort probable que l'impact aura lieu.

Désireux d'en finir là, je consulte du regard mon chargé de presse qui se tient bras croisés, sur le côté de la pièce, et me donne le feu vert. Je me lève, mais d'autres questions aussitôt fusent.

— Allez-vous enfin ouvrir les abris, comme le demandent bon nombre de personnes ?

— Je veux rappeler à nos concitoyens que l'efficacité de ces abris serait nulle en cas d'impact. Il ne faut pas placer en eux d'inutiles espoirs.

— Que diriez-vous à tous ces gens qui, dans le monde entier, stockent des provisions ou à ceux qui se lancent désespérément sur les routes à la recherche d'un abri ?

— *Je leur dirais de rester calmes et de garder l'espoir. Rien n'est perdu. Nous mettons tout en œuvre pour écarter le danger. Faisons confiance à l'équipe là-haut. Ce sont des individus exemplaires. C'est désormais sur eux que repose notre avenir commun.*

Felten était resté une heure à scruter le plafond. Il avait entendu le vacarme consécutif à la découverte de la salamandre, les éclats de voix dans le couloir, les menaces proférées par Springer qui voulait en venir aux mains, Trapani qui essayait de le calmer. Puis tout s'était apaisé. Les spationautes étaient partis. S'était ensuivi un moment de tranquillité appréciable. Il guettait à présent leur retour de la salle de briefing lorsqu'il perçut un bruit isolé et furtif tout près de sa porte. Il saisit une roche lunaire pour se défendre au cas où quelqu'un chercherait à entrer pour l'assassiner.

— Qui est-ce ? demanda-t-il d'une voix ferme.

Quelques secondes s'écoulèrent. Il sentit son pouls qui battait la chamade dans sa poitrine.

— Elias…

— Qu'est-ce que tu veux ?

— Je veux te parler.

Méfiant devant les intentions de l'astrophysicien, Felten préféra mentir.

— Je ne peux pas t'ouvrir, ils ont désactivé la reconnaissance automatique.

— Ce n'est pas la peine d'ouvrir, souffla Elias. Je veux juste te dire que tu as été désigné.

— Comment ça ?

— J'ai capté la Terre tout à l'heure. Ils parlaient de toi. Ils ont dit que tu avais été choisi.

— Pour le largage ?

— Oui. Springer va essayer de prendre ta place et il est prêt à tout pour ça.

— Tant mieux, qu'il le fasse lui-même... Je ne veux pas faire ce largage. Je cède ma place, ça n'a plus d'importance.

— Vraiment ?

— Oui, vraiment.

L'astrophysicien changea de registre.

— C'est vrai que tu n'es pas croyant ?

Felten s'étonna de cette question. Ce n'était ni le moment ni le contexte, lui sembla-t-il, pour aborder ce genre de question.

— Comment expliquer le bien ? poursuivit Elias. C'est la question que je pose à tous les athées que je rencontre.

— Qu'est-ce que tu veux dire par là ?

— Après tout, nous aurions pu imaginer un monde où n'existerait que la violence. Mais d'où viennent le sens du partage et le don de soi, d'où viennent la compassion, l'entraide dont les êtres humains sont capables ?

Il s'interrompit, sembla guetter avec fébrilité le long couloir vide comme si quelqu'un risquait d'y apparaître. Il reprit :

— Si l'on adopte le principe que le mal est inhérent à la vie, qu'il est la base, le décor naturel dans lequel évoluent nos existences terrestres, alors c'est le bien qui devient le vrai mystère de ce monde, l'inexplicable miracle de l'humanité. D'où vient le bien ? C'est la question que devraient se poser tous ceux comme toi qui ne croient pas.

— Peut-être..., concéda Felten. Peut-être.

— J'ai insisté pour qu'ils introduisent dans *Eternel* les grandes constructions philosophiques, toutes les révélations religieuses, énormément d'œuvres d'art, de peintures, d'ouvrages de littérature, de poésie, mais aussi des vies ordinaires admirables. L'histoire humaine, ce n'est pas seulement des guerres et de la prédation. Et cela me dégoûte de savoir que Springer va se charger de larguer tout ça dans l'espace. Il ne le mérite pas. Je préférerais que cela te revienne. Toi, tu es un peu africain. Dans un sens, tu es le premier des hommes. C'est à toi qu'il revient de larguer cette mémoire de l'humanité.

De nouveau, il parut s'inquiéter d'une menace imminente qui l'obligea à se taire. Avant de poursuivre, sur un ton plus précipité :

— Je veux te dire aussi que je n'y suis pour rien dans ces drames. Je suis sûr que toi aussi tu es en dehors de leurs histoires, c'est pourquoi je te le dis. Je vais attendre qu'ils soient revenus et, lorsqu'ils seront couchés, j'irai inspecter un coin du vaisseau. Je sais qu'il y a une cache près des moteurs.

— Une cache ?

— Oui, j'ai déjà surpris Trapani qui s'y rendait. Sorenson et Springer le savent aussi.

Il ajouta :

— J'espère que tu me soutiendras. Après le largage, ils seront bien obligés de t'écouter, toi. Si tu dis que je suis innocent, ils te croiront.

Encore sur ses gardes et un peu désorienté par ces propos, Felten ne savait quoi répondre.

Sans ajouter un mot de plus et sans attendre de réponse, Elias retourna dans sa cabine.

Une heure plus tard, les autres spationautes rejoignirent ensemble le module privé. Ils traînaient chacun leur scaphandre. Springer avait voulu faire un détour vers la salle des combinaisons, ayant peur que quelqu'un puisse la saboter durant son sommeil. Trapani avait convaincu Alia de faire de même, non pas dans l'optique d'une sortie spatiale, mais afin de se protéger d'une éventuelle contamination. Après la découverte inopinée de cette nouvelle salamandre, la menace épidémiologique était revenue hanter les esprits avec plus d'acuité.

Elias attendit une bonne demi-heure, après qu'ils furent rentrés dans leur cabine, pour se relever et sortir dans le couloir. Il était hasardeux d'explorer seul le vaisseau à cette heure-ci mais, puisqu'on cherchait à le mettre en accusation, il considérait qu'il n'avait pas d'autre choix.

Il traversa tout le vaisseau jusqu'à la partie arrière, vers les systèmes primaire et secondaire de conditionnement des gaz. A cette heure, de rares sources de lumière alternaient avec de longs tunnels sinistres aux ramifications compliquées. Il était malaisé de se repérer dans ces méandres métalliques où il s'était rarement rendu. "Je ne les laisserai pas m'accuser, je ne les laisserai pas m'accuser", se répétait-il intérieurement pour surmonter sa peur. Il ignorait comment déverrouiller le modulateur pour augmenter l'intensité lumineuse, en dépit des restrictions énergétiques imposées par la durée du vol.

Il parvint à retrouver la zone d'étroites coursives où se trouvait la salle dont il avait souvenir, près des collecteurs d'entrée du système d'injection des propergols. Il sortit la petite lampe qu'il avait dans la poche ventrale de sa combinaison. Dans le faisceau de lumière blanche apparut le tréfonds du vaisseau, un couloir étroit qu'il reconnut, le long duquel vibrait un tumulte arachnéen de câbles multicolores, agités par les frémissements du moteur à hydrogène tout proche. C'était là, pensait-il se souvenir, dans cette sorte de passage exigu, garni de capteurs, s'étageant sur deux niveaux, qu'il avait aperçu un jour Trapani. Une autre fois, sur la surface lunaire, il avait surpris une conversation entre Springer et Sorenson qui parlaient d'une cache "où ils pourraient s'en procurer".

L'endroit lui paraissait idéal pour dissimuler quelque chose, des reptiles par exemple ou toute autre chose. Il se tortilla à l'intérieur du conduit latéral, particulièrement étroit, tête la première, sa lampe de poche à la main, éclairant les profondeurs obscures, laissant derrière lui, près de l'entrée, les deux panneaux électriques aux diodes témoins rouges et vertes qui le rassuraient un peu ainsi qu'une veilleuse de faible puissance, située à l'extérieur, près de l'entrée. Les vibrations assourdissantes et la chaleur élevée qui régnaient dans ce boyau métallique, long de cinq mètres environ, rendaient son inspection peu aisée. Son faisceau de lumière révélait à mesure qu'il avançait un réseau de plus en plus complexe de fils électriques qui couraient vers les hauteurs des parois, dans un désordre apparent. Il inspecta le circuit d'alimentation, le réseau de câbles ombilicaux et les fibres optiques tapissant la partie inférieure, qui s'en allaient irriguer ensuite tout le vaisseau. Il reconnut le système parallèle des circuits centraux, sur sa gauche, intégralement modifié avant le départ après qu'une faille de sécurité avait été décelée, et les conduites spécifiques de purge des piles à combustion. Il songeait à tout cela, oppressé par l'étroitesse et l'isolement opaque qui caractérisait ce lieu, fixant son attention sur chaque détail alentour comme un spéléologue engagé dans l'exploration d'une cavité inconnue, lorsque, dans un renfoncement aménagé sous les pompes à hydrogène, il découvrit un stock de bouteilles : vins hollandais, pinot noir de Bourgogne, vins chiliens, whisky, vodka, une bonne dizaine au total. Bien entendu, la consommation d'alcool était interdite à bord et celui qui avait caché tout ça s'exposait à des sanctions. Il pensa aussitôt à Trapani. Brusquement, un bruit derrière lui éveilla son attention, l'obscurité venait de s'accroître davantage encore. Dans la position qui était la sienne, il lui était impossible de se retourner. Tout ce qu'il devina, c'est que la faible lumière émanant du panneau de l'entrée, légèrement en hauteur, venait de cesser de fonctionner et ce, pour une raison qu'il ignorait. Il décida de s'extraire à rebours de l'étroit tunnel. Il recula ainsi avec précaution, craignant d'embarquer au passage un branchement, ou d'endommager des capteurs dont certains étaient dépourvus en cet endroit de gaine de protection.

Il avait parcouru près de trois mètres, dans cette position incommode, prenant appui sur les renflements métalliques des séparateurs gaz-liquide, lorsque son talon droit buta contre une paroi. Quelque chose à présent obstruait l'ouverture derrière lui, une cloison qui ne se trouvait pas là quelques minutes plus tôt lorsqu'il était entré.

— Trapani ? C'est toi ?

Il tenta de pivoter sur lui-même, cogna la cloison de la tête, les sons lui apparurent plus étouffés, sa voix résonnait, une bouffée d'air tiédi le fit suffoquer. Il donna un premier coup de talon. Il sentit la paroi, posée à la verticale, vaciller quelque peu, laissant passer un filet de lumière qui fut absorbé aussitôt. Quelqu'un essayait de l'enfermer, il en était sûr maintenant.

Il donna plusieurs grands coups de pied, aussi fort qu'il put, contre une sorte de plaque métallique, luttant contre la sensation d'étouffement qui s'emparait de lui.

— Trapani ? C'est toi ? Nom de Dieu ! Réponds, c'est toi ?

Il essaya encore de se retourner, arracha dans son mouvement toute une série d'attaches retenant des câbles qui, une fois libérés, se mirent à flotter désagréablement autour de lui. Il abandonna l'idée de faire volte-face, mais parvint à se mettre sur le dos ; dans cette position, s'il lui était difficile de voir son agresseur, il pouvait en revanche s'agripper à la structure métallique fixée au-dessus de lui et rassembler plus de force pour donner des coups plus puissants. Il prit son souffle et commença son labeur, qu'il imaginait difficile et fatigant, dans cette touffeur asphyxiante, mais presque aussitôt, contre toute attente, l'ouverture céda, une lueur rassurante apparut. Il put se dégager enfin, avec empressement, s'extirpant de ces fils épais dans lesquels il se trouvait entortillé, et sortit à la lumière, exténué. Il n'y avait personne. Juste la planche qui dérivait dans les hauteurs. Quel était le salaud qui avait tenté de le prendre ainsi au piège ? enragea-t-il. Il se redressa, se déplaça vers l'embrasure de cette porte qui débouchait sur la longue coursive sombre. Il pressentait que quelqu'un s'y trouvait. Il s'orienta doucement sur la droite, s'éclairant de sa lampe de poche, luttant contre cette fébrilité qui l'envahissait. Son champ de vision peu à peu s'élargit, révélant le tunnel qui paraissait vide, mais cette vision trop parcellaire ne signifiait rien, il le savait, et ne pouvait le rassurer ; peut-être aussi y avait-il quelqu'un de l'autre côté, sur sa gauche, mais pour en avoir le cœur net il n'avait d'autre choix que d'avancer.

Il se glissa donc un peu vers l'avant, s'apprêtant à parer une subite attaque. Le couloir se révéla. D'abord il ne vit rien, mais bientôt il entraperçut un bout de combinaison blanche, à quelques mètres, le long du mur, scintillant à peine dans l'obscurité. Il l'éclaira et le vit alors entièrement, adossé au mur. Un spationaute demeurait là, à cinq mètres environ de lui, dans une immobilité terrifiante.

— Qu'est-ce que tu veux ? lança Elias d'une voix incertaine, tenaillé par la peur.

Il déplaça avec fébrilité le faisceau de sa lampe sur cette présence muette. Il éclaira le casque, mais la visière réfléchissante l'empêchait de distinguer le moindre trait du visage de celui qui se trouvait là. Etait-il victime d'une hallucination ?

C'est toujours le même cauchemar, la même nuit sans sommeil où, devant les écrans, je te revois. Je te revois au matin de cette visite. Je t'avais proposé d'annuler, mais tu tenais à t'y rendre. Tu étais fatiguée pourtant. Cet hôpital pour enfants malades se trouvait à une centaine de kilomètres de la capitale. A ton arrivée, les membres du personnel te conspuent. Devinant l'hostilité à laquelle tu vas devoir faire face, et sans doute vexée par la remarque insultante d'une infirmière, tu préfères rebrousser chemin et regagner la voiture. Les enfants t'attendent dans les chambres. Ils t'ont préparé toutes sortes de festivités. Certains te guettent depuis plusieurs heures aux fenêtres qu'ils ont décorées. Tu ne t'y rends pas. Tout est annulé. Tu repars sans un mot d'explication ni d'excuse. Cette visite, abondamment commentée dans les médias, a des conséquences désastreuses. Après cet incident, tu te coupes du monde, tu annules tous tes engagements. Tu renonces à tous ces projets caritatifs qui pourtant te tenaient à cœur. Tu cesses de m'accompagner dans mes voyages officiels. Deux mois plus tard, ta maladie se déclare. Tu meurs en avril de la même année. Comment leur pardonner ?

Je ne leur ai pas pardonné.

Le lendemain à 7 heures, Springer déjeunait copieusement, engoncé dans son scaphandre, lorsque Trapani et Alia le rejoignirent. Ces derniers s'installèrent à table mais se contentèrent de l'observer.

— Le compte à rebours a été déclenché ? leur demanda Springer en mordant dans son gâteau de semoule. Il avait également sorti du jus biologique myrtille-spiruline, des galettes de lin et sésame, et des œufs.

— Il s'est déclenché automatiquement, fit Trapani.

Sur le pupitre de contrôle, les interféromètres laser captaient des ondes d'intensité et de fréquence élevées, de sorte que les échelles graduées s'animaient d'oscillations excessives et irrégulières, en tous points anormales. Le fracas cosmique invisible éprouvait les matériels. Le système de stabilisation procédait à des corrections de dérive par recalage stellaire tout en vérifiant à chaque seconde l'intégrité de la protection thermique. Les moteurs auxiliaires étaient entrés en action pour orienter le vaisseau avec précision dans la perspective du largage préprogrammé. Springer jetait de temps à autre un coup d'œil vers les écrans. Une grande détermination se lisait sur son visage.

Il avala une ultime gorgée de café, libéra sa sangle de maintien et se redressa.

— Je vais aller revérifier les modalités de sortie. Vous venez avec moi ?

— Heu... oui, fit Trapani.

Ils sortirent de la pièce, rejoignirent le couloir lumineux et rectiligne, puis ondoyèrent en direction de la salle de sortie.

Ils s'engagèrent dans le tunnel transparent. Alia jeta au passage des regards inquiets vers la voûte en verre et son obscurité figée, ces étoiles qui constellaient l'absolu s'ouvraient à elle dans leur démesure muette. Elle avait un mauvais pressentiment. Elle regardait partout autour, fermant la marche, peu rassurée. Elle craignait un assaut. Quelqu'un pouvait surgir. Les attendre, caché à une intersection. Ou revenir jusqu'à elle, en fendant l'air de cette microgravité perfide sans qu'elle puisse le voir. Elle ne l'aurait pas entendu. Une ombre, un souffle qui tranche, exécute.

Au débouché de la section principale, à une vingtaine de mètres de la salle des moteurs, ils bifurquèrent vers la droite. Springer avançait le premier. Soudain, à l'arrière, Alia s'immobilisa et poussa un cri. Une toile blanche avait été tendue à travers le couloir qui s'ouvrait à gauche. Un message y était inscrit en lettres de sang : *"Je ne mérite plus de vivre. Je les ai tous tués. Adieu."*

Ils frappèrent à la cabine de Felten. Personne... Trapani déclencha l'ouverture. Le spationaute apparut, installé à son bureau, le casque sur les oreilles.

— Ah... tu es là, fit le technicien, surpris. Tu sais où est Elias ?

Felten retira son casque. Il écoutait de la musique à plein volume.

— Est-ce que tu sais où est Elias ? répéta Trapani.

— Non pourquoi ?

— On a trouvé un message inquiétant. On le cherche.

Ils ouvrirent la cabine de celui-ci. Les trois livres de la révélation religieuse flottaient mollement au bout de leur lanière dans un réduit très décoré. Le ginkgo biloba était toujours là, avec ses feuilles désormais dorées. Ils inspectèrent le compartiment qui était désert.

Ils empruntèrent le réseau de couloirs de la section 1, qui se ramifiait en coursives plus nombreuses et plus étroites, pour retourner vers l'extrémité arrière, près du bloc moteur, où ils avaient trouvé le message. C'était la partie la moins fréquentée du vaisseau, seul Trapani s'y rendait de temps à autre pour quelques opérations de maintenance assez complexes. Ils arrivèrent bientôt en vue du compartiment de propulsion dont ils percevaient déjà depuis quelques minutes les frémissements dans les parois. Malgré la séparation étanche et partiellement insonorisée, le grondement sourd des moteurs leur parvenait avec force. Ils commencèrent à inspecter la première salle. Tout semblait à sa place. Trapani proposa de poursuivre dans la salle-relais. La porte épaisse de protection pivota lentement après qu'ils eurent tapé le code d'accès sécurisé connu de tous les membres d'équipage.

Le module baignait dans une obscurité oppressante. Quelques voyants de contrôle automatique perçaient la noirceur de la pièce. Rien d'anormal en apparence. Ils longèrent les parois en direction de la salle convexe pressurisée qui s'ouvrait un peu plus loin sur la droite, la détaillèrent dans un vacarme grandissant. Elle débouchait sur un étroit tronçon, verrouillé par une porte blindée, qui conduisait au nœud central des moteurs. Sur le mur, des casques antibruit se trouvaient fixés. Ce segment de jonction était doté d'un ajour composé d'un verre épais résistant aux plus hautes températures. Un panneau soulignait la dangerosité du lieu. Trapani ondoya jusqu'à l'ouverture, jeta un coup d'œil à travers la glace.

— Allons voir dedans, dit-il.

— Tu es sûr ? demanda Springer.

— Qu'est-ce qu'on risque ?

— Je ne sais pas... Rien, je l'espère... Je ne suis jamais entré là-dedans.

— Moi si, fit Trapani, en saisissant d'une main volontaire les équipements.

Ils enfilèrent des casques antibruit et des lunettes de protection. Puis Trapani déverrouilla la commande d'accès et déplaça la porte blindée. Il s'engouffra le premier à l'intérieur, aussitôt suivi par les deux autres spationautes. Le vacarme dans la pièce était assourdissant et ils pouvaient ressentir leur cage thoracique trépider. Il régnait là une odeur suffocante, mélange d'émanations chimiques et de revêtement plastifié surchauffé.

Ils s'enfoncèrent plus avant, progressant jusqu'à une seconde paroi, obstruée par un blindage sombre. Trapani, qui ouvrait toujours la marche, enclencha la commande d'ouverture phosphorescente sur la droite d'une main prudente, confirma sa demande, comme l'exigeait la procédure. Les joints étanches émirent un léger chuintement. La paroi entama un lent mouvement libérateur, révélant une salle obscure dans laquelle pénétraient des rayons solaires aiguisés comme des lances. Presque aussitôt, une procession étrange de petites gouttelettes rouges s'échappa de l'espace libéré, montant vers eux à travers la lumière diffractée. Ils se trouvèrent bientôt entourés d'un nuage d'une beauté irréelle, formé d'une multitude de gouttelettes scintillantes, écarlates, qui se déployait lugubrement dans cette nuit hachurée de soleil. Alia sentit une sourde angoisse l'envahir tandis qu'elle observait ce flux tourbillonnant et voluptueux. Ils reprirent sans tarder leur progression à travers ce rideau de perles de sang, dans une chaleur devenue visqueuse. Des caissons graisseux s'ouvraient en enfilades sur le côté droit, dans un air opaque que les vapeurs de propergol rendaient irrespirable. Au bout d'un moment, jaillissant du fond d'un des volumes, dans une lumière plus vive presque incandescente, une forme sombre leur apparut. Elle tournoyait lentement à une dizaine de mètres de distance, en suspension. Ils s'engagèrent avec prudence dans sa direction, fendant l'air opaque et vicié, guidés par la barre de maintien fixée le long de la cloison devenue brûlante. Elias semblait les attendre, yeux ouverts, légèrement en surplomb, dans sa combinaison blanche immaculée, ouverte au niveau du thorax, un doux sourire au coin des lèvres, ses cheveux lâchés formant comme une sainte auréole autour de sa tête.

Trapani demeura un moment à l'observer, comme subjugué par cette vision, cet ange supplicié et souriant dans la fournaise des moteurs. Le cadavre tournoyait avec indolence et une certaine grâce, n'était cette profonde entaille sur le poignet droit, autour de laquelle s'était formée une énorme et répugnante bulle de sang telle une tumeur noircie par le feu.

Alia s'avança vers lui, toucha son bras qui était chaud et mou. Elle fut prise de nausées. Le signal du repli venait d'être donné et tous s'extirpèrent de la salle sans plus tarder pour rejoindre en silence le module de commandement.

Appuyée le long de la paroi des commutateurs, la jeune femme se rongeait à présent les ongles en pensant à ce type qui s'était ouvert les veines. Trapani s'activait près d'elle sur le pupitre de bord tandis que Springer vérifiait les instructions de sortie hors du vaisseau.

— Voilà ce qui se passe quand on recrute un illuminé sur Internet, fit ce dernier. J'espère au moins que ça leur servira de leçon.

— Nom de Dieu, ça remarche !

Springer, qui s'apprêtait à essayer son casque, considéra le technicien avec surprise.

— Qu'est-ce qui remarche ?

— La communication. Ça remarche.

Springer se propulsa vers les écrans où était installé Trapani. Alia fit de même.

— Il n'y a plus de tempête ?! demanda-t-elle.

— On dirait qu'elle a diminué d'intensité. La liaison fonctionne.

Trapani alluma alors le séquenceur de communication.

Quelques secondes plus tard, ils purent entendre les informations terrestres :

"Une foule silencieuse s'est massée aux abords des grilles. Des gens qui ont quitté leur travail, des familles qui se sont réunies là, dans l'attente d'informations. Le déploiement de forces de l'ordre, auquel s'ajoutent des unités de l'armée, est impressionnant. Les violences auxquelles on a pu assister dans certaines villes font craindre de nouveaux débordements. Pour l'instant, ces manifestants sont regroupés dans le calme. Tous ont écouté la déclaration du président, il y a quelques minutes, avant l'opération que va conduire l'équipage de la mission Lunar 5. *On prie beaucoup, on se serre. Il y a une solennité impressionnante. L'agence spatiale laisse filtrer très peu de nouvelles.*

Quelques images du spationaute Felten ont été montrées hier soir. La foule est venue soutenir cet homme choisi par le président en personne pour cette opération et l'on pense que..."

La transmission s'était interrompue. Trapani pianota de nouveau avec nervosité le numéro de la fréquence, pressa la touche de validation. Rien. Il laissa passer quelques secondes. Il vérifia le spectromètre et le flux de particules. Réitéra l'opération. Impossible de rétablir le signal. Les données étaient restées inchangées au cours des dernières minutes. Il recommença sa tentative. Plusieurs fois. Sans succès. Une dizaine de tentatives, qui toutes avortèrent, le laissant perplexe devant l'ordinateur. Puis il se tourna vers Springer.

— Ils ont dit Felten. C'est lui qu'ils ont désigné. Désolé, mon pote.

Le technicien et Alia décidèrent d'aller prévenir Felten sans tarder. Le largage aurait lieu dans trois heures. On ouvrit sa cabine. Felten se tenait dans son alvéole de sommeil.

— Tu peux sortir le champagne... ! s'exclama le technicien.

— Qu'est-ce qui vous arrive ?

— C'est toi qu'ils ont choisi. Tu fais le largage. Le président en personne t'a désigné.

Felten secoua la tête, l'air maussade.

— J'ai eu le temps d'y réfléchir. Il faut leur dire que je renonce. Il y a eu trop de morts. Cela ne rime plus à rien. Je m'expliquerai au retour.

— Non, non, on doit aller au bout de cette mission, c'est la seule manière de donner un sens à tout cela, s'énerva Trapani. On doit accomplir ce qu'ils attendent de nous. Sinon ça n'aura servi à rien. Et on sera tous critiqués...

— Où est Elias ? demanda Felten.

Trapani et Alia échangèrent un regard ennuyé.

— Il s'est donné la mort, fit Alia en baissant la voix.

Springer les rejoignit en hâte, l'air mauvais.

— Ils espèrent qu'on va ramener le vaisseau en bon état ! C'est tout ce qui les intéresse ! Dans quelques heures, ils n'auront plus besoin de nous ! Ce président est un minable ! Il a conduit le pays au fond du gouffre ! Il ne mérite pas qu'on prenne le moindre risque pour lui !

Trapani se tourna vers lui et le considéra avec dédain.

— Tu dis ça parce qu'il ne t'a pas choisi, Springer.

— Non, je dirais la même chose s'il m'avait choisi !

Le technicien s'élança doucement vers Felten et lui tapota la joue :

— Tu n'as pas le droit de refuser. Tout est prêt pour toi. On a tous besoin de ce largage.

Felten haussa les épaules.

— Arrête, c'est absurde.

— Tu vas nous libérer de ce cauchemar. Balancer au loin ce serveur qu'on traîne comme une malédiction. On efface tout et on recommence.

— Il t'a bien pistonné, cet enfoiré, poursuivit Springer qui ne décolérait pas. Tu nous feras pas gober que tu ne le connaissais pas.

— Je ne connais pas le président, je te le jure, répéta Felten d'une voix lasse.

Trapani accompagna Felten jusqu'à la salle des combinaisons où il vérifia son scaphandre de sortie et étudia à son tour les instructions. Une fois qu'ils eurent terminé, le technicien ordonna à Felten de s'enfermer dans sa cabine avec sa combinaison en attendant le moment du largage qui aurait lieu dans quatre-vingt-dix minutes. Il lui fallait se mettre en sécurité.

Felten retourna vers son compartiment privé, mais décida au passage de frapper à la porte d'Alia. Il éprouvait le besoin d'obtenir des détails sur la mort d'Elias. Il entra pour la voir qui rangeait des affaires pourtant déjà bien ordonnées. En cet instant c'était sans doute pour elle une manière de lutter contre l'angoisse qui la submergeait, pensa-t-il, une façon peut-être de se rassurer et de maîtriser les événements, repousser le chaos qui semblait les enserrer, et préparer le retour sur terre. Elle paraissait exténuée. La peau s'était tendue sous la fatigue, et des cernes étaient apparus sous les yeux. Elle s'efforçait de sourire mais de toute évidence le cœur n'y était pas.

Elle fit un effort pour se montrer aimable et courtoise. Elle l'installa dans le minuscule coin salon qu'elle avait fait aménager dans l'angle de la pièce, composé d'une table soudée au sol et de deux minuscules bancs habillés de coussins rouge et orangé. Elle s'activa ensuite à préparer du thé.

— Comment Elias s'est-il donné la mort ? demanda Felten.

— Il s'est ouvert les veines. Les veines du poignet droit.

La tasse pressurisée de thé chaud à la cardamome diffusait déjà un agréable parfum dans la pièce.

— Il est venu me voir hier soir, confia le spationaute. Il m'a dit de ne pas croire ceux qui l'accuseraient, car il était innocent.

— Ça prouve qu'il avait mauvaise conscience. C'est pour ça qu'il s'est suicidé.

Elle saisit la télécommande, fixée par des velcros de façon rudimentaire à la cloison, près de la photo de classe de ses élèves et de deux nounours en peluche, l'un rouge, l'autre bleu, qui flottaient, retenus par un minuscule cordon. Elle sélectionna la *Messe des Timbales* de Joseph Haydn. Bien que perturbé par la nouvelle, il éprouvait un certain réconfort à humer le parfum aux légères senteurs de jasmin que projetait le diffuseur du plafond. Il s'abandonna à la quiétude de l'instant.

— Regarde, dit-elle.

Elle reposa la télécommande sur son support mural et saisit une roche grise qu'elle avait trouvée près du cratère d'impact d'Artemis lors d'une virée en compagnie de Trapani et du commandant.

— J'en ai ramassé une aussi pour mon fils, balbutia-t-il, l'esprit un peu embrouillé.

Elle se propulsa ensuite d'une main vers le coin cuisine. Il observa les petits pots en verre remplis de poussière sélène, qu'elle avait alignés sur le socle mobile.

La télécommande s'était mise à dériver dans l'habitacle. Il vit l'objet traverser le volume, rebondir sur la paroi placardée de nombreux messages envoyés par les élèves, puis atteindre le rayon de rangements où s'empilaient quelques vêtements d'Alia retenus par une lanière en cuir, à deux mètres de lui.

— J'imagine déjà le scandale qui nous attend, souffla-t-elle. Je ne sais pas ce que dira mon oncle. Mais à coup sûr ça ne sera pas agréable.

Felten prit appui sur le rebord de la table pour se déplacer et se saisir de la télécommande. Au passage, il ne put s'empêcher de détailler avec indiscrétion ses vêtements. Son regard s'attarda sur des linges noirs bien pliés. C'est dans l'espace supérieur de cette structure souple à étages, contenant une combinaison bleu pétrole, qu'un tube étroit et opaque attira son attention. Alia lui tournait le dos. Elle sortait un gâteau aux amandes sous vide qu'elle avait gardé depuis le début de la mission. Après un ultime coup d'œil vers elle, il glissa lentement sa main dans l'épaisseur molletonnée et duveteuse des tissus.

— Cette musique ici, fit-elle à cet instant. C'est comme Dieu qui retourne à Dieu. Tu ne trouves pas ?

Il se saisit du tube en plastique d'une main fébrile et le ramena à lui, en retenant sa respiration.

— C'est vrai..., bredouilla-t-il.

L'objet scintillait à son extrémité d'un éclat plus vif. Il le porta à la lueur des plafonniers afin d'en mieux distinguer le contenu. A ce moment précis, il sentit sa peau se contracter désagréablement sous sa combinaison. La forme repérée ne laissait hélas que peu de place au doute. A l'intérieur du banal tube en plastique, il y avait ce qu'il n'aurait jamais pensé devoir trouver ici, un objet qu'ils avaient cherché en vain après la mort du commandant Aris : une seringue...

Felten trouva un prétexte pour regagner sa cabine.

La tempête solaire ne faisait de nouveau que s'accentuer. L'activité magnétique dans la basse couronne solaire, au-dessus de la surface visible du Soleil, avait atteint son paroxysme. La température du plasma approchait le million de degrés. Les nuages magnétisés, soudainement libérés, se propageaient dans le vide interplanétaire à près de deux mille kilomètres à la seconde.

Abasourdi, il s'était positionné devant l'écran d'analyse. Il regardait d'un air absent les mouvements de matière qui brassaient la surface d'un soleil anémique. La basse couronne crachait d'immenses boucles coronales, se bosselait de gigantesques et féroces protubérances. Une formidable et venimeuse actrice … Il fallait se rendre à l'évidence maintenant. Cette seringue que tous avaient cherchée, c'était elle qui l'avait dissimulée. Avait-elle perpétré tout ce carnage ?

N'y tenant plus, Felten résolut de révéler à Trapani sa découverte. Il déclencha l'ouverture de son compartiment privé, jeta un œil dans le couloir vide et silencieux, et prit la direction du module de commandement, bravant ainsi les instructions données par le technicien. Où se trouvait Springer ? Il l'ignorait.

Surmontant sa peur diffuse, il progressa dans la banalité des couloirs désormais dépourvus de toute activité. Il donnait des poussées régulières contre les parois. Le bourdonnement sinistre des machines et le mouvement des fluides de retraitement agitaient certaines cloisons obscures de tremblements froids et inquiétants. Le vaisseau ressemblait à un insecte mort, aux entrailles desséchées, dans lesquelles il errait comme une malédiction.

Il atteignit la salle des combinaisons où il l'avait laissé. Trapani ne s'y trouvait plus. Il bifurqua vers la coursive principale, vérifia l'office et gagna le module de commandement. Personne non plus. Tout était calme, vide. Il s'engagea en direction de la salle de briefing, déserte elle aussi, puis poussa jusqu'au vaste module d'observation. Il contempla durant quelques secondes avec fascination la voûte, ample et courbe, où de pâles étoiles frémissaient. Il se souvint qu'il n'avait pas inspecté la salle de communication où se rendait souvent Trapani. Il emprunta le large couloir puis un dédale de petites coursives. Une lumière étrange, légèrement pourprée, se déployait par endroits, accompagnant l'orientation progressive du vaisseau sur les astres de référence. A l'approche de la salle, il distingua une faible lueur qui éclairait le métal du sol, révélant les rivets enchâssés dans la structure. Il s'avança, s'appuyant sur la paroi latérale avec discrétion. Trapani était là, lui tournant le dos, installé devant le pupitre, un casque sur les oreilles, éclairé d'une simple loupiote qui semblait s'évertuer à le déifier.

Felten flotta vers lui et posa une main sur son épaule. Trapani réprima un cri de frayeur, puis arracha son casque :

— Bordel ! Qu'est... qu'est-ce que tu fous là ? Je t'avais dit de ne pas sortir de ta cabine ! Qui t'a autorisé ?!

Felten resta immobile devant lui, l'esprit un peu vacillant.

— Excuse-moi... Je ne voulais pas te faire peur. En fait, je voulais te demander quelque chose... au sujet d'Alia...

— Quoi ? Qu'est-ce que tu veux savoir ?!

— Je voulais savoir... ce qu'elle fait ici au juste.

Trapani éteignit les commutateurs.

— Ce qu'elle fait ici ?

Il se tourna vers lui avec une expression d'incrédulité derrière laquelle flottait encore de l'indignation.

— Et c'est pour ça que t'es venu ?!

— Je veux dire... pourquoi ils l'ont sélectionnée ? Elle n'a participé à aucune autre mission spatiale. Elle n'a pas de compétence particulière, il me semble.

— Elle est surtout censée communiquer avec les enfants de cette classe de... de... je ne sais plus d'où d'ailleurs...

— De Chuy.

— Oui, mais à part ça ?

— A part ça ?

Trapani marqua une hésitation.

— A part ça... A part ça, rien, c'est juste la nièce du patron ! C'est pour ça qu'elle est là, il y a pas à chercher plus loin. Et puis j'imagine qu'ils se sont dit qu'avec une jeune femme à bord, on serait obligés de se tenir un peu mieux. Mais là-dessus on peut dire qu'ils se sont sacrément plantés, les copains...

— Tu la connaissais avant ?

Trapani haussa les épaules comme s'il ne comprenait pas l'intérêt de cette question :

— Non. Pourquoi tu veux savoir ça ?

Felten éluda sa question.

— Tu n'as jamais entendu parler d'elle ?

— J'étais en mission quand elle est venue faire son stage. En tout cas, elle est motivée, elle a envie d'apprendre.

— Moi, ce qui m'étonne, enchaîna Felten, c'est qu'ils aient sélectionné une personne comme elle. J'ai cru comprendre que cette mission avait failli être annulée, et qu'ils envisageaient l'envoi de robots à notre place.

— Oui, exact. Ils voulaient envoyer des robots. C'est sûr que ça aurait coûté moins cher, et finalement ç'aurait peut-être été mieux pour tout le monde. On aurait évité ce massacre.

Trapani s'affaira pour éteindre une rangée de voyants sur le panneau électrique de communication.

— Et au lieu de cela, poursuivit Felten, ils ont choisi de rappeler des spationautes en fin de carrière, ou marginalisés, et une jeune étudiante inexpérimentée.

— Elle doit sensibiliser la jeunesse aux futures expéditions vers Mars. C'est pour ça qu'ils l'ont sélectionnée.

— Tu crois que les enfants ont besoin de cela ?! de suivre un énième voyage vers la Lune pour qu'on leur parle de Mars ?! On n'en parle pas assez depuis cinq ans peut-être ?

— C'est vrai, admit-il en secouant la tête, c'est un peu idiot.

Il dévisagea Felten.

— Tu la suspectes, c'est ça ?

— Non, non, c'est juste que je veux comprendre la raison de sa présence à bord parce que... parce que les choses ne sont pas claires. Je n'arrive pas à croire qu'Elias les ait tous tués.

Trapani secoua la tête.

— Rien n'est clair, si tu veux savoir : ta sélection ; ce que tu fous ici à cette heure...

Mais Felten l'interrompit à son tour :

— Et moi, est-ce que je peux te demander ce que tu fais ici tout seul ?

— J'essaie de rétablir la communication. Comme ça a remarché tout à l'heure, je me disais que...

— J'ai capté une conversation hier, le coupa Felten. Quelqu'un à bord communiquait avec la base.

Trapani resta silencieux durant quelques secondes.

— Je t'avoue que je me suis demandé un moment si Alia n'avait pas été envoyée ici pour éliminer le commandant.

— Comment ça ?

— La disparition du commandant, ça pouvait arranger notre directeur. Aris avait l'intention de présenter sa candidature à la tête de l'agence spatiale. Il me l'a avoué le soir de son décès. Ils l'ont peut-être entendu et elle a dû exécuter les ordres. A cette distance de la Terre, sans témoin, ce pouvait être un crime imparable, un crime parfait...

— Le commandant voulait présenter sa candidature ? Pourquoi tu ne l'as pas dit avant ?

Il souffla :

— J'aurais été soupçonné. Parce que je suis sans doute l'un des derniers à l'avoir vu vivant et que je suis proche d'Alia.

Felten, après un moment de réflexion, secoua la tête.

— De toute façon, ce n'était pas elle qui parlait. C'était une voix d'homme.

Il hésita à cet instant à lui révéler l'existence de la seringue. Mais Trapani ne lui en laissa pas le temps :

— Ne te torture pas l'esprit. Elias a reconnu ces meurtres et ensuite il s'est tranché les veines. J'ai vu moi-même son message.

— Si on trouvait une seringue dans la cabine d'Alia, finit-il par dire, ce serait une preuve contre elle, n'est-ce pas ?

— Ça serait une preuve de rien du tout. On ne pourrait rien en déduire. Je vais te faire un aveu : la salamandre trouvée dans la cabine de Springer, c'est moi qui l'y ai mise pour lui faire peur et le dissuader de faire cette sortie spatiale à ta place. Alors tu vois… Avec un peu de connaissance informatique, n'importe qui peut entrer n'importe où dans ce vaisseau. La sécurité est lamentable, et c'est pas faute de le leur avoir dit, je peux te le certifier.

Felten emprunta en sens inverse la coursive d'accès au module privé, l'esprit encombré d'interrogations. Il se demandait s'il n'aurait pas dû raconter dans le détail sa découverte de la seringue plutôt que de s'en tenir à une vague allusion. Il déboucha sur le couloir évasé des cabines, s'apprêta à entrer dans son compartiment individuel avec méfiance lorsque subitement une voix l'interpella, dans la semi-obscurité :

— Qu'est-ce que tu es allé faire là-bas ?

Un frisson désagréable lui traversa l'échine. Il se retourna, un peu fébrile.

Alia flottait à quelques mètres. Il activa le passe magnétique dans sa poche intérieure :

— Je suis allé grignoter quelque chose dans la cuisine.

La cloison s'ouvrit. Une lumière rassurante inonda le couloir devant la porte.

— Tu es allé prévenir Trapani, n'est-ce pas ?

Il se tourna vers elle.

— Je ne suis allé prévenir personne. Prévenir de quoi d'ailleurs ?

Sans attendre, il s'élança à l'intérieur tout en s'efforçant de ne montrer aucun signe de nervosité.

— Il faut que je te parle, dit-elle dans son dos d'un ton grave comme pour le retenir. Inutile de te cacher plus longtemps la vérité, n'est-ce pas ?

Elle s'avança jusqu'au seuil de la porte. Elle le vit qui s'agitait près de son bureau, feignant d'avoir des choses à y faire.

— C'est moi qui ai fait ça, ajouta-t-elle.

Il se redressa pour la regarder.

— De quoi parles-tu ?

Elle voulut le rejoindre.

— Reste où tu es, intima-t-il.

L'expression du spationaute avait changé, affichant une inédite appréhension.

— C'est moi qui ai injecté le produit au commandant, lança-t-elle. Je ne pensais pas le tuer. Je voulais juste le punir pour ce qu'il a fait…

— Ce qu'il a fait ?

Elle mit du temps à répondre.

— Il m'a agressée.

Felten posa sur elle un regard pénétrant.

— Qu'est-ce que tu racontes ?

— Il m'a demandé de le rejoindre dans le laboratoire. Lorsque je suis entrée, il s'amusait avec la salamandre. Il avait bu, il n'était pas dans son état normal. A un moment donné, il est allé verrouiller la porte. Il m'a regardée de façon bizarre puis s'est lancé vers moi. Il m'a alors agrippée par les cheveux et a essayé d'arracher ma combinaison. Je ne pouvais plus sortir. Je me suis débattue, je l'ai repoussé une première fois. Mais il est revenu, m'a empoignée avec plus de rage encore, j'ai réussi à le gifler avec force et me suis réfugiée dans le coin opposé de la pièce. L'armoire des produits de Chang était ouverte. Il est allé fouiller dedans. Il m'a menacée. Il a dit qu'il allait me faire payer tout cela. Il a dit que j'allais payer aussi pour mon oncle, pour tout ce qu'il lui avait fait subir au cours des dernières années. J'ai vu qu'il avait pris un flacon et une seringue. Il est revenu sur moi. J'avais la main posée sur un des microscopes. Je l'ai brusquement frappé à la tempe. Il ne s'y attendait pas. Sous le choc, il a lâché la seringue remplie d'un liquide jaunâtre. Je l'ai saisie et je la lui ai plantée dans le cou sans réfléchir. Il a presque aussitôt perdu connaissance. Je l'ai ramené dans la salle de pilotage et l'ai installé dans son fauteuil. Je suis revenue dans le labo. La salamandre avait dérivé pendant ce temps. Je ne l'ai pas retrouvée. J'ai remis un peu d'ordre dans la pièce et je suis partie.

Il s'écoula une demi-minute avant que Felten puisse articuler une phrase.

— Et les autres ?

— Je n'y suis pour rien.

— Tu ne les as pas tués ?

— Non, je t'assure.

Elle leva des yeux embués de larmes.

— Je ne dors plus depuis deux jours. Je ne sais plus quoi faire.

Elle ferma les yeux, un court instant, fit un effort pour réprimer des sanglots.

Felten s'avança un peu vers elle, lui tapota l'épaule, sans chaleur excessive. Il ressentait un appréciable soulagement à la voir ainsi craquer : elle redevenait de cette façon un peu plus humaine et le tableau qu'il s'était fait d'elle perdait un peu de sa noirceur.

Elle ravala son chagrin.

— Je veux te dire que je me suis toujours montrée… – elle sembla chercher le terme approprié – honnête envers toi, que je n'ai jamais feint mon amitié envers toi.

Elle marqua une pause :

— Tu as parlé à Trapani, n'est-ce pas ? Tu lui as dit ce que tu as trouvé dans ma cabine.

Il garda le silence.

— Quand ils vont savoir ce que j'ai fait, ils vont…

— Nous expliquerons tout cela aux autorités une fois revenus sur Terre, la coupa Felten. Je ne dirai rien. Il faut réussir ce largage. C'est la priorité maintenant.

— Ah ? tu as changé d'avis ?

— Oui, j'ai décidé d'y aller.

J'avance dans les sous-sols, en pantoufles et robe de chambre en soie mauve. Au milieu des meubles recouverts de plastique, il y a là, dans la réserve, les bustes de mes prédécesseurs. Je circule lentement, m'arrête devant l'un d'eux, soulève un plastique poussiéreux pour admirer le détail d'un visage. Au-dehors, je perçois le hurlement de sirènes et le survol incessant des hélicoptères. J'entends aussi par moments les clameurs de la foule massée autour des grilles pour réclamer l'accès aux abris militaires. Des tirs de gaz neutralisant viennent ponctuer les cris de colère. Je pose parfois ma main tremblante sur le plat d'une joue, touche un front, le galbe d'une épaule. Tous ces hommes ont tenté comme moi de tracer un chemin décisif pour leur pays, ont œuvré au gré des turbulences de l'histoire, grandis chaque jour par les épreuves traversées. Comme nous, ils ont affronté la meute.

*Je songe à la trace que je laisserai dans l'histoire. Je songe à tous ces discours dont il ne restera rien. Discours de Cali. Discours à l'*ONU*. Discours de Rio sur l'équilibre du monde, de Bangkok sur l'entente économique et l'avenir des nations. Discours que je tenais moi-même à écrire, discours de tant de nuits blanches, discours qui leur parviendraient, pensais-je alors, dans l'enthousiasme et la sincérité de ces moments d'écriture, à bord de l'avion* *présidentiel, ou dans mon vaste bureau, ou dans des hôtels luxueux, sur un coin de table, discours pourtant devenus ineptes, oubliés aussitôt qu'entendus, brûlés promptement comme de mauvais combustibles.*

Je songe à ces foules qui exigent la réquisition immédiate des bases de l'armée, ces gens auxquels il faudrait m'adresser. Mais je ne dis rien.

Un symbole. Il soupçonnait quelque chose de cet ordre. Connaissant la férocité de l'agence spatiale, ce n'était pas possible autrement. Il n'avait pas volé depuis trois ans et ne pouvait donc être le meilleur candidat pour ce largage.

Oui, c'était cela. Les choses lui semblaient plus claires à présent : à travers lui, on avait visé le symbole. On avait voulu montrer qu'un homme pouvait se racheter, malgré de lourdes erreurs. Bien au-delà du cercle trop restreint des spationautes, c'est sûr, il fournirait un bel exemple de rédemption.

A travers lui, pensa-t-il, tous les hommes pourraient affirmer, jusqu'au président lui-même si souvent critiqué : "Nous pouvons oublier nos fautes et notre condition, nous pouvons effacer le passé, construire ensemble un avenir meilleur." Il avait tout de même du mal à croire qu'on ait pu le sélectionner pour une raison aussi saugrenue.

Il regarda longuement les paramètres de mesure et songea que l'on avait peut-être aussi voulu mettre en avant ses origines africaines. Il n'avait pourtant jamais fait de la couleur de sa peau un étendard à dresser, ni de la question raciale le centre de ses préoccupations, cependant il ne pouvait s'empêcher de penser que ce largage eût aussi été un message fort dans un monde globalisé aux valeurs défaillantes.

Sur l'écran, le Soleil semblait souffrir d'une interminable hémorragie. La fin semblait imminente, comme si tout l'hydrogène le fuyait, le laissant un peu plus exsangue chaque fois, comme une créature consumée, dévorée de l'intérieur, sur le point de s'effondrer sur elle-même.

Le spationaute pensa aux nombreux capteurs du vaisseau qui scrutaient l'univers, sondaient l'infini mystère du cosmos, le gouffre abyssal qui les entourait.

Elias avait-il pu éliminer les autres spationautes ? Etait-il à ce point "illuminé", comme certains semblaient le penser ? N'avait-il pas supporté que des mains profanes puissent guider vers l'infini un serveur si symbolique à ses yeux ? Dans ce cas, il lui aurait menti le fameux soir où il était venu se "confier" et lui annoncer sa sélection. Mais pourquoi avoir menti s'il s'apprêtait à se donner la mort quelques minutes plus tard et à reconnaître tous ses crimes ?

A travers la vitre de la soute, il admira bientôt le serveur *Eternel*. Celui-ci brillait dans la lumière vive d'une vaste salle où régnaient un sifflement continu et le vrombissement d'un groupe de générateurs. Le plafond bientôt s'ouvrirait et se dessinerait là-haut la voûte étoilée dans laquelle monterait ce mini-vaisseau. Felten veillerait depuis l'extérieur au bon déroulement de l'opération et se tiendrait prêt à intervenir pour en réajuster l'orientation.

Dans moins de deux heures, songea-t-il, il accomplirait ce mouvement sublime. Voici notre histoire, l'œuvre d'ombre et de lumière que nous avons bâtie tout au long des siècles. Voici le tableau forgé par ces milliards d'existences qui se sont succédé. Nous le faisons surgir, nous le livrons à l'infini du ciel, au jugement des étoiles qui les ont vues naître. Nous le livrons à l'éternité telle une œuvre imparfaite dont nous mesurons la grandeur dérisoire.

Lui aussi tenterait de prendre un nouveau départ, de s'affranchir du passé pour trouver un nouveau chemin. Tout n'avait certes pas été parfait dans son existence, mais tout pouvait encore renaître, se prolonger d'une meilleure façon.

Après avoir tapoté son code, il entra dans le module de largage.

Il avait fait à peine cinq mètres lorsque soudain un signal d'alarme strident se déclencha. Une rangée de lumières rouges se mit à clignoter au plafond. Il songea d'abord à une anomalie du circuit de surveillance interne des pressions. Ce n'était pas la première fois qu'une telle défaillance se produisait avec ce matériel vieillissant.

Au bout de quelques minutes qu'il passa à tenter de désactiver l'un des boîtiers de contrôle de sécurité fixé à droite de l'accès principal, une voix vint brusquement l'arracher à ses pensées. C'était la voix de Trapani qui résonnait dans toute la salle. Felten l'aperçut là-haut, derrière la baie vitrée du poste de contrôle. Il le regardait avec un air contrarié.

— Tu viens de déclencher l'alarme. Tu ne dois pas rester là. Personne ne doit approcher le serveur. C'est la consigne. S'ils apprennent cela, t'auras des soucis une fois revenu sur terre. Et tu risques de compromettre tes chances de revoler.

Felten eut un geste de dépit :

— Je ne vois pas ce qui pourrait les déranger à ce point puisqu'ils m'ont désigné pour le largage.

— C'est une question de sécurité, je suppose. Tu viens d'enfreindre une consigne qu'on doit tous suivre et je suis chargé de la faire respecter.

— Je ne comprends pas pourquoi je ne peux pas voir ce serveur si je dois être celui qui doit le larguer, dit-il avec un semblant de colère. C'est insensé, non ? Je ne sais quasiment pas à quoi ressemble cet engin.

— Ecoute, tu connais aussi bien que moi les instructions. Je ne les ai pas inventées. Je n'y peux rien, c'est comme ça. Si tu ne veux pas les respecter, libre à toi, mais tu en assumeras les conséquences et moi je devrai le signaler. Je ne veux pas que cet incident me retombe dessus. Et je pense que tu ferais la même chose à ma place.

Sur ce, Trapani s'éloigna de la vitre.

— D'accord, d'accord, je sors, cria Felten, contrarié. Mais je trouve ça stupide, permets-moi de te le dire. Que craignent-ils au juste ?

Felten quitta la pièce à contrecœur. Trapani l'attendait à l'extérieur, flottant dans le corridor cylindrique, pour l'admonester de nouveau :

— Tu connais l'importance du vaisseau *Eternel*, dit-il. Tu connais aussi le nombre d'heures qu'ont passées ces gars à accumuler toutes ces informations. Tu connais le nombre de personnes impliquées dans ce projet. Tu connais la valeur de tout cela. Alors pourquoi ne respectes-tu pas les consignes ? On dirait que tu veux nous compliquer la tâche. Comme si on n'avait pas assez de problèmes à gérer comme ça.

— Avoue que c'est insensé, cette paranoïa de leur part, fit Felten. Et toi qui t'y mets aussi.

— Ce qui est insensé, c'est que Chang, Aris, Evon, Sorenson et Elias soient morts ; ce qui est insensé, c'est qu'il ne reste plus que quatre d'entre nous vivants à bord, et que tu te permettes d'enfreindre le règlement. C'est ça qui est insensé.

Felten acquiesça, un peu renfrogné.

— C'est pour eux que je ferai ce largage, bougonna-t-il.

Après ces remontrances, Trapani, comme pour se faire pardonner, fouilla dans la poche gauche de sa combinaison avec malice.

— Attends, j'ai une petite surprise pour toi.

Il sortit une petite boîte en plastique qu'il lui tendit.

— C'est quoi ? demanda Felten.

Il n'était pas courant de s'offrir des cadeaux à bord, et encore moins durant ce vol. Trapani se contenta d'arborer un léger sourire.

Felten ouvrit la boîte. Il découvrit alors à l'intérieur de petites tiges végétales d'un vert tendre. Il saisit l'une d'entre elles et la porta à son nez.

— Hum…, fit-il, dans une longue et voluptueuse inspiration.

— Du fenouil ! commenta Trapani, enthousiaste.

Felten le considéra avec gratitude et une légère stupéfaction. Il ne parvenait pas à s'expliquer ce geste amical ni ce que faisait du fenouil dans ce vaisseau à cinq cent mille kilomètres du sol terrestre.

— C'est toi qui as apporté ça ?

Trapani hocha fièrement la tête.

— Du fenouil rapporté de notre chère vieille Terre…

Felten renifla de nouveau les courtes tiges végétales.

— Hum…

Le largage aurait lieu dans un peu plus d'une heure. Il se rendit dans la salle annexe de briefing pour vérifier les instructions. Il se sentait insuffisamment préparé pour cette opération. Lorsque viendrait le moment d'enfiler son scaphandre et d'ouvrir le sas extérieur, il devinait qu'il serait très nerveux et sans doute cela compliquerait-il chacun de ses gestes. Il n'avait plus le droit à l'erreur cette fois-ci. S'il échouait, à coup sûr, tous se déchaîneraient contre lui. Il ne voulait pas faire endurer cela à son fils. Les médias parleraient d'un choix hasardeux, voire absurde, et chercheraient des coupables parmi la direction.

Forcément, un nouvel échec serait indigne de ceux qui lui avaient fait confiance. Tout le monde lui tournerait le dos, y compris ce président. Il n'y aurait plus personne cette fois pour lui tendre la main, plus personne cette fois pour le relever. Et comment ne pas penser qu'il l'aurait bien mérité... Il mit la *Symphonie n° 5* de Beethoven à plein volume. Par le hublot, les étoiles présentaient un éclat figé. La Voie lactée déroulait sa spirale incandescente. Il admira dans le lointain des formes luminescentes d'une infinie profondeur, aux nuances bleues et rouge foncé.

Et si au contraire tout se passait comme il l'espérait ? Et si tout se dénouait en un triomphe aisé, un moment de perfection qui lui ouvrirait une seconde existence ? Il foulerait la surface martienne puis embarquerait son fils dans la grande tournée triomphale qui s'ensuivrait, il lui ferait découvrir le monde, passant d'hôtel en hôtel, de conférence en présentation, et chaque jour, dans cette vie nomade qu'il affectionnait tant, dans l'admiration qu'on leur porterait à chaque endroit, se renforcerait leur complicité, s'écrirait le bonheur d'être ensemble. Il lui offrirait ce grand voyage en Afrique tant de fois promis, la faune sauvage tant de fois vue sur des écrans qu'elle en semblait rêvée. Chaque pas ensemble les chargerait d'une force vitale qui paraîtrait inépuisable. Oui, ce largage pouvait l'absoudre définitivement de ses erreurs.

Une nouvelle vie était-elle possible ? Aujourd'hui, dans si peu de temps ?

A un million et demi de kilomètres de la Terre, il existait un lieu où les champs gravitationnels s'équilibraient. C'est là, sur l'un des cinq points de Lagrange que comptait le système solaire, que serait largué le serveur *Eternel*. Le lieu de sa renaissance. Ou de sa perte. Le point de non-retour. Le lieu où s'équilibraient les forces contraires, s'annihilaient les forces d'attraction.

Jusqu'à la dernière minute précédant le décollage du pas de tir, il s'était préparé à l'idée qu'on allait lui demander de redescendre de *Lunar 5*. Jusqu'au terme du décompte final, jusqu'à l'ultime seconde du compte à rebours, il avait pensé qu'on allait lui interdire l'accès à l'espace. Tout cela lui paraissait trop beau. Lorsqu'il avait ressenti l'allumage des moteurs et que la fusée s'était élevée d'abord lentement du centre spatial, lorsqu'il avait ressenti la formidable puissance libérée par les propulseurs biergol pour l'arracher à la Terre, il avait pris conscience que tout cela était bien vrai, il en avait éprouvé un merveilleux soulagement et n'avait pu retenir ses larmes.

Que faisait son fils à cet instant ? Il lui devait une belle explication après toutes ces années perdues.

Il avait éprouvé un peu plus tôt le besoin de lui écrire un message au cas où les choses se passeraient mal :

Mon petit,

Je m'apprête à effectuer la sortie spatiale dont je t'ai parlé. Il s'agit d'assurer le largage d'un vaisseau contenant un serveur. Il y a là-dedans une quantité gigantesque d'informations, une grande partie de la mémoire des hommes. C'est une opération un peu délicate mais c'est un beau symbole et je suis content d'y participer.

J'ai fait plusieurs balades sur la Lune. J'ai ramassé pour toi une pierre lunaire. Dessus, j'ai gravé ton nom à l'aide des outils que m'a prêtés mon collègue Trapani. J'espère que cela te plaira. Tu pourras la mettre près de ton lit ou alors dans ton aquarium pour apprendre à lire à tes poissons !

A mon arrivée, je leur dirai que je dois partir vite pour aller te retrouver. J'écourterai la conférence de presse ainsi que la visite médicale. J'ai été souvent absent au cours des dernières années et je te promets que tout cela va cesser. Je n'étais pas en colère contre toi, mais contre moi-même. J'étais devenu insupportable, j'en voulais à la terre entière, c'est pourquoi je me suis fâché avec ta maman. Dès que je serai revenu, j'irai te voir, c'est promis, j'irai te voir chaque semaine puis nous ferons un grand voyage de plusieurs mois, mais je ne te dis pas où car c'est une surprise.

A très vite, mon petit. Tu m'accompagnes à chaque instant.

Il gagna la salle de préparation aux sorties avec sa combinaison spatiale, où il enfila la partie inférieure composée d'une dizaine de couches, alliant mylar et kevlar, ainsi que le vêtement thermique. Puis il endossa la partie haute, fixa les attaches, régla les bagues ajustables d'étanchéité et testa le système de communication intégré.

Il enfila ensuite ses gants munis d'un système de réchauffement paramétré, revêtit le sac à dos comprenant le système de maintien-vie, mit en fonction l'ordinateur de bord qui effectua automatiquement d'ultimes vérifications. Engoncé dans cette tenue, il était fin prêt à mettre son casque et entamer l'opération. Alia apparut avec timidité et le considéra d'un regard angoissé, presque de supplication.

— La tempête solaire s'aggrave. Tu ne devrais pas y aller.

Felten secoua la tête en signe de réprobation tout en ajustant sa large ceinture. Un instant, il se demanda si elle ne cherchait pas à l'écarter pour prendre sa place, mais il évacua cette pensée.

— Peu importe cette tempête. Je dois accomplir la tâche qu'ils m'ont confiée. Je ne peux pas les décevoir une fois de plus. Ils espèrent tous que nous réussirons.

— Les risques encourus sont disproportionnés, tu ne dois pas le faire.

— Ce ne sont pas des risques inutiles. Ils m'ont redonné ma chance. Cette mission ne peut tout de même pas n'être qu'une série d'échecs.

Elle hocha la tête.

— Ce largage pourrait être reporté. Il y a eu tous ces drames. Il n'y a plus d'urgence après tout.

— Non, Trapani a raison, ces drames n'auraient aucune justification si je devais renoncer à ce stade. Je serais venu ici pour rien. Nous ne pouvons pas terminer sur ce bilan... Je veux retrouver mon honneur, et je veux aussi sauver l'honneur de cette mission et de tout l'équipage. On va exiger de nous des comptes et des explications. Que dirons-nous lorsqu'ils vont découvrir ce carnage ? Que dirons-nous si nous ne pouvons même pas nous prévaloir de cette opération ?

Elle s'approcha de lui, à la fois tendre et hésitante. Elle posa délicatement ses mains sur les siennes tandis qu'il sanglait un capteur de radiation sur son avant-bras. Il devina à son contact la plénitude de sa féminité. C'étaient des mains douces et rassurantes. Un contact qui lui manquait depuis si longtemps. Devant le trouble grandissant qui le gagnait, il s'en dégagea avec douceur sans qu'elle s'en offusque. Elle lui chuchota d'une voix tremblante d'émotion et de gratitude : "Alors fais attention à toi..."

Trapani les rejoignit bientôt. Il dut sentir qu'une certaine intimité s'était instaurée entre eux car une ombre passa sur son regard qu'il s'efforça de camoufler derrière son habituelle bonhomie.

— Bonne chance, fit-il d'une voix tonitruante en serrant la main de Felten avec fermeté. Bonne chance, mon gars.

Il s'éclipsa en demandant à Alia de venir avec lui pour suivre l'opération dans la salle de commandement.

— Il reste combien de temps ? demanda-t-elle.

— Douze minutes.

— D'accord, je te rejoins, je te rejoins, fit-elle.

Trapani glissa vers la porte et disparut.

Le compte à rebours s'affichait à présent sur l'écran de la salle. Felten testa l'ordinateur intégré à sa combinaison. Alia le regarda faire. Elle se sentait pleine d'admiration et transie de peur. Il leva les yeux un instant vers elle.

Une image vint se superposer à la vision de cette jeune femme le regardant. Il entendait les paroles d'Elias et imaginait son cadavre tournoyant près de la salle de combustion. Une image rémanente qu'il n'avait pas pu voir, reconstituée par son cerveau et qui le tourmentait depuis la veille.

Il se figea et demanda, préoccupé :

— Elias avait le poignet droit sectionné. C'est ce que tu m'as dit, pas vrai ?

— Oui, c'est cela.

Il marqua une pause.

— Ce n'est pas possible.

Alia le dévisagea.

— Si, si, pourquoi ?

— Il était droitier, non ?

La jeune femme réfléchit un instant.

— Oui, droitier, exact.

— Et il s'est tailladé le poignet droit ?

Felten s'immobilisa, le temps de la réflexion.

— S'il avait voulu se suicider, il se serait ouvert les veines du bras gauche, pas celles du bras droit, c'est illogique.

Un silence tendu vint errer dans la pièce. Il fixa le sol d'un air absent :

— Un gaucher, balbutia-t-il. Ce meurtre est l'œuvre d'un gaucher…

Elle leva vers lui des yeux stupéfaits.

— Springer !

Felten retira en toute hâte les éléments externes de sa combinaison.

— Il faut aller prévenir Trapani !

Alia se tourna vers la porte. Elle tressauta et étouffa un cri d'épouvante. Springer se tenait là dans l'embrasure et les observait en silence.

Le combat s'engagea dans la douceur caressante et trompeuse de l'apesanteur, où tout n'était qu'effleurements et gestes amortis, impropre à la violence en apparence, et pourtant la mort régnait partout. Alia s'était enfuie dans le couloir pour aller chercher de l'aide. La grande paroi vitrée aux verres noirs opacifiants s'ébrécha d'un premier coup de barre de fer. Le chaos avait investi la pièce.

Quelques instants plus tard, une injonction rauque mit fin à la lutte. Trapani avait réapparu, une arme à la main.

Felten reprit son souffle. Sa combinaison était déchirée sur le côté et laissait voir son coude blessé. Trapani lui ordonna d'aller enfiler une combinaison de rechange. Il restait moins de dix minutes avant le début de l'opération de largage. Alia s'enquit de l'état de Felten puis proposa de l'accompagner pour le soigner et l'aider à se changer.

Springer, isolé dans un coin de la pièce, tourné vers le cosmos, ne se retourna pas. Il resta un moment silencieux puis cria face à la baie vitrée. Ce fut un cri d'impuissance, de détresse et de rage, un cri devant l'infini qui semblait ne jamais devoir cesser, résonnant dans les couloirs désertés et froids. Trapani sentait l'arme qui tremblait sous ses doigts. Il sentait qu'il n'avait pas la force de le faire. Et pourtant il se disait qu'il devait le faire.

— C'est toi qui les as tués, pas vrai ? Dis que c'est toi !

Springer ne répondit pas. Il cria de nouveau avec plus de puissance encore.

Quelques secondes plus tard, une détonation ramena le silence dans le vaisseau.

Je remonte l'escalier et rejoins ma chambre. J'enfile mon costume. J'emprunte bientôt le long couloir, sous le regard à la fois respectueux et fébrile de tous ces collaborateurs, angoissés, démunis.

Je me dis que toutes ces années, tous ces combats menés, parfois perdus, cette hostilité peuvent encore trouver un sens, s'inscrire dans le cheminement d'une carrière sur le point d'atteindre son point culminant. Concevoir, faire aboutir. Satisfaction essentielle de l'existence. Laisser une trace dans l'histoire.

Un grand silence se répand lorsque je pénètre dans mon bureau. L'opération va avoir lieu. On m'aide à m'asseoir. On s'active autour de ma personne. Je perçois leur fébrilité. On vient caler un coussin blanc pour soulager mon dos. Une maquilleuse s'approche timidement puis, après quelques mots susurrés, auxquels je ne réponds pas, elle se hasarde à me tamponner le visage comme un petit oiseau farouche et apeuré.

Moi, je me trouve face à la caméra. Face au silence, face au mensonge, au bord de cette folie vers laquelle tous m'ont poussé. Je ne suis pas le seul responsable de la décision que je dois prendre. Ils sont tous coupables avec moi.

On effectue les derniers réglages avec des doigts qui disent l'appréhension, la solennité et l'anxiété. Puis le décompte commence, glissement vers un silence tendu, scandé de chiffres qui pèsent de tout leur poids. Ma voix viendra y mettre un terme. Ma voix, qui est aussi la tienne, ouvrira un temps nouveau.

Felten enfila rapidement sa combinaison, refusant de se laisser anéantir par les derniers événements. Il s'obligeait à agir pour ne plus penser. Le compte à rebours sonore l'y aidait car il ne restait plus que cinq minutes avant le début du largage et à chaque seconde qui s'égrenait la tonalité montait un peu plus dans les aigus. Alia l'aida à fixer les sangles de sa combinaison et vérifier le bon fonctionnement des éléments vitaux intégrés. Elle était effondrée elle aussi par ce qu'ils venaient de vivre. Lorsque tout fut bientôt prêt, il la serra dans ses bras. Trapani fit irruption et les sermonna de se dépêcher. Après cette courte étreinte, Felten rejoignit la salle de sortie, s'enfonça dans le corridor aux parois souples, s'efforçant de ne pas se laisser atteindre par l'affliction.

Il ondula dans l'étroite coursive transparente, nimbée d'une lumière diaphane, en direction de l'écoutille, se retourna au bout de quelques mètres afin de lui adresser un dernier salut. L'espace d'un instant, à travers la visière, son regard resta suspendu au sien. Il fit volte-face et reprit sans perdre de temps sa progression.

Une détermination vigoureuse dominait à présent son esprit, une volonté ardente de réussir aussi pour elle, d'accomplir ce qu'on attendait de lui, et aussi une fierté étrange, et nouvelle, presque puérile, à la savoir là, qui l'observerait depuis le vaisseau. L'opération périlleuse allait débuter et il se disait qu'il lui faudrait être à la hauteur.

Les regrets n'étaient pas un obstacle à une vie à deux, songea-t-il. Les regrets, on pouvait en guérir, comme d'une longue maladie, dès lors que des sentiments plus grands venaient à surgir. Jamais cette nouvelle existence n'avait été aussi proche, il le pressentait. Jamais il ne l'avait si ardemment désirée, à présent qu'il la sentait à sa portée. Qui sait si, dans les tumultes et le sang des derniers jours, quelque chose d'immensément pur ne venait pas de naître ? Cette attirance pour elle qu'il avait ressentie lui semblait émaner d'un élan de vérité de tout son être, quelque chose de naturel et d'une simple évidence qui ne méritait même pas d'explication, une communication parfaite de deux êtres qui ne nécessitait plus l'entremise des mots.

L'épaisse cloison métallique venait de s'ouvrir, la membrane flexible était visible, ultime frontière avant l'extérieur. Tout était possible, pensa-t-il, comme un refrain psalmodié à sa conscience. Deux âmes blessées qui repartaient ensemble, retrouvaient ensemble leur équilibre, cela s'était déjà vu. Cela pouvait fonctionner. Il ferait des efforts cette fois-ci. Pas question de se laisser aller à la mauvaise humeur.

Tout se jouerait maintenant, au-delà de ce rideau de matière translucide qui lui semblait par moments presque vivant. Il se coula à l'intérieur. Il sentit les membranes se contracter, glisser le long de sa combinaison, à mesure qu'il se frayait résolument un chemin vers l'inconnu et que la lumière s'estompait. Puis une sensation de froid. Il émergea au-dehors, dans le vide cosmique, dans un silence vertigineux où le métal renvoyait par endroits des reflets lumineux d'une douloureuse intensité. Il commença aussitôt à se diriger vers la partie arrière du vaisseau en suivant le fuselage. Il ondoya le long de la glissière, à l'écoute de sa propre respiration, conscient de la tension grandissante qui s'emparait de lui et qu'il parvenait à maîtriser.

Alia avait sans doute déjà rejoint le poste de commandement pour surveiller l'opération, pensa-t-il. Sans doute se trouvait-elle devant les écrans de contrôle où s'affichaient dans un réseau de lumières dormantes les chiffres de correction automatique de la trajectoire du vaisseau. Il aimait croire qu'il en fût ainsi : qu'elle tremblât un peu pour lui en le regardant. Sur l'écran latéral de sa visée optique, les données du largage du serveur défilaient. L'ordinateur central de *Lunar 5* signala que l'ouverture du module *Eternel* allait commencer. L'opération entrait dans sa phase la plus délicate. Felten, agrippé à un long tube d'acier blanc, ne tarda pas à voir l'imposante paroi s'ouvrir lentement devant lui. Il était trop tard pour revenir en arrière. Du ventre métallique commença bientôt à s'élever *Eternel*. Felten se trouvait à l'endroit prévu, un peu en retrait, à une quinzaine de mètres du serveur, assistant à cet accouchement sublime au creux des ténèbres et des brasillements. Il attendait, comme convenu, que le serveur soit parvenu à son niveau intermédiaire, enfin libéré de sa gangue, pour s'en approcher.

Sous le guidage précis des ordinateurs préprogrammés par les techniciens du centre spatial, *Eternel* continua de grimper de la béance puis pivota paresseusement pour se placer dans l'axe prévu. Le serveur s'immobilisa alors dans un silence d'une perfection absolue. De nouveau, Felten n'entendait que sa propre respiration, le sang qui cognait dans ses veines et le ronflement des équipements biofonctionnels. Les mécanismes compensateurs pompaient chaque goutte infime de transpiration qui se formait sur sa peau. Le rythme sourd de ses battements cardiaques lui évoquait un monde en marche, martelant le néant qui l'avoisinait pour proclamer la puissance indiscutable de cette vie éphémère. Un cœur d'homme insignifiant, chauffant la poitrine de celui qui le portait, malheureux dans sa courte chaleur, son insuffisance, sa précarité, mais se confrontant à l'énigme, y cherchant un sens, un chemin, une vérité essentielle.

Il sollicita alors les propulseurs intégrés à sa volumineuse combinaison blanche pour s'approcher du vaisseau. Le calcul différentiel de déplacement lui renvoya des données qu'il jugea acceptables pour sa sécurité. Il était si près du serveur qu'il pouvait presque le toucher de la main à présent. Dans ce vaisseau ovale et majestueux, recouvert de métal argenté, qui brillait au-dessus de lui, se trouvait toute la mémoire du monde terrestre, toute la mémoire des hommes. Il en éprouva une étrange émotion. Tout ce qu'avaient conçu ceux de son espèce se trouvait là, tous leurs savoirs accumulés, et toutes les formidables potentialités encore en devenir, concentrées dans cet œuf blanc enfin stabilisé, presque divin. C'était comme s'il avait parcouru toute cette distance pour cela, ce face-à-face entre les hommes et Dieu.

Au-dessous de lui, comme prévu, le fuselage entrouvert de *Lunar 5* avait commencé à se refermer. Les puissantes mâchoires en acier glissaient l'une vers l'autre, dans un ballet céleste maîtrisé, où le métal s'illuminait de brillances phosphorescentes, soudaines et magnifiques. Il allait bientôt pouvoir déverrouiller le système de largage et passer en mode manuel à l'aide du petit boîtier de commande fixé sur son avant-bras gauche. Le flux de matière coronale allait sans doute engendrer quelques infimes dérèglements de positionnement qu'il lui faudrait compenser avant de s'en retourner au vaisseau. Bientôt tout serait achevé.

Partout déjà sur les écrans s'affiche son portrait. Ses données biographiques sont abondamment diffusées dans les médias : Felten, quarante-trois ans, dix missions effectuées, cinq sorties spatiales, divorcé, père d'un enfant. Tout le monde semble désormais le connaître. Son visage a investi la ville, habille les façades des immeubles, s'insère sur les écrans mobiles.

Ses dernières images sont omniprésentes, bien que tronquées par rapport à celles que j'ai pu voir. Toutes sortes d'archives retracent son parcours.

Je suis assis là dans un fauteuil, entouré de collaborateurs qui me félicitent, une coupe de champagne à la main. C'est peut-être mon propre rêve de gloire que je vois enfin mis en scène. C'est peut-être le destin que je me suis rêvé qui prend forme en lui.

Il faudra veiller à ce que la mémoire ne s'éteigne pas. Il faudra qu'elle imprègne sans cesse de nouvelles générations.

Je sais en les regardant festoyer que nous ne reviendrons pas en arrière. Si la vérité est un jour révélée, il sera trop tard, et nous autres, les protagonistes, aurons alors presque tous disparu. Sans mener de guerre, par un simple mensonge, j'aurai apporté au monde un espoir immense. J'aurai offert à mon pays un nouvel avenir.

Je m'éclipse pour rejoindre la salle de contrôle aménagée dans mon bureau. Je veux savoir ce qui se passe là-haut. Je veux savoir ce qu'il advient de mon foyer d'espérance.

Trapani avait emporté le corps de Springer dans la salle d'infirmerie où se trouvaient également dans des housses blanches les cadavres d'Elias et de Chang. Son homicide l'avait ébranlé et il avait fait un détour par sa cabine pour se trouver un remontant. Il réapparut dans la salle de commandement, une bouteille de whisky bien entamée à la main.

— J'avais pas le choix, pas vrai ? Tu le diras à ton oncle que j'avais pas le choix. Sinon il nous aurait tués, comme il a tué tous les autres. Il fallait l'abattre, cette ordure. J'avais pas le choix. Je l'ai fait pour sauver cette mission.

Alia demeura silencieuse un bref instant puis souffla :

— Ce n'est pas lui qui a tué le commandant...

Elle ferma les yeux douloureusement. Sa voix fatiguée et assaillie de remords poursuivit :

— C'est moi.

Il l'observa avec une stupeur incrédule.

Elle prit une inspiration lasse avant de poursuivre.

— J'irai me dénoncer à la police dès que nous serons rentrés. J'expliquerai comment tout cela s'est passé, rassure-toi...

Une gifle claqua.

— Petite conne, va...

Elle se figea dans sa dignité blessée.

— Alors tout ça c'est de ta faute ! poursuivit-il en haussant le ton. C'est toi qui as foutu tout ce merdier.

— J'assumerai mes responsabilités, répliqua-t-elle d'une voix blanche. Je m'expliquerai à la police, ainsi qu'à mon oncle.

Trapani appuya avec colère sur la touche de communication du vaisseau.

— Tu peux lui parler maintenant, pas la peine d'attendre !

Elle parut ne pas comprendre.

— Et la tempête ?

— La tempête n'a pas coupé la communication.

Il s'essuya la bouche d'un revers de main. Il sentait beaucoup l'alcool.

— Tout ça, c'est une mise en scène. Depuis le début. On est des cobayes. La tempête est un détail. Ils mènent une expérimentation. Le reste, c'est du bidon.

— Comment ça ?!

— Ils veulent étudier nos comportements. C'est pour ça qu'on est là. Pour préparer leurs futures missions de longue durée.

Alia le scruta d'un air hagard et bredouilla :

— Ils... ils nous ont envoyés ici pour une expérimentation ?!

Trapani haussa les épaules.

— Qu'est-ce que tu crois ? Tu crois que c'est pour nos compétences ?

Il s'interrompit pour boire à nouveau.

— Ils n'ont jamais eu besoin de nous pour terminer l'assemblage de la station lunaire. Leurs foutus robots suffisaient. Mais nos grands stratèges ont découvert qu'il fallait étudier la psychologie des spationautes avant les grandes missions d'exploration. Ils ont voulu voir ce qui se passerait si un équipage se trouvait isolé à cause d'un incident. Et ils ont vu...

Il but une gorgée à la bouteille. Il désigna d'un mouvement de menton méprisant Felten à travers la baie vitrée.

— Et ce connard là-haut qui croit qu'il risque sa vie à cause du rayonnement...

— Mais pourquoi... pourquoi nous ont-ils choisis, nous ?! murmura la jeune femme, abasourdie.

— Ils ont fait appel aux plus inutiles. Ils ne pouvaient pas mobiliser les meilleurs spationautes pour une simple expérimentation.

— Qui t'a dit tout ça ? balbutia-t-elle.

Il y eut un long silence dans lequel flottaient de nombreuses incertitudes.

— Ils m'ont envoyé ici pour vous surveiller, lâcha-t-il d'une voix sombre.

Elle sembla abattue.

— Et moi, pourquoi m'ont-ils fait venir ?

— Ils avaient besoin d'un élément féminin, "source de tension et de convoitise", comme disait ton oncle.

Il marqua un temps, secoua la tête avec dépit en se remémorant les étapes qui avaient conduit à cette décision désastreuse avant de poursuivre :

— Il craignait le scandale. Il a préféré choisir quelqu'un de sa famille qui serait plus facilement contrôlable au retour. Ton oncle a dit qu'il te ferait d'abord venir pour un stage au service de communication et qu'ensuite il engagerait le processus de sélection. Pour Springer et Sorenson, à cause de leurs activités syndicalistes, il avait prévu d'acheter leur silence en leur proposant une place à bord d'une mission vers Mars lors de la seconde phase d'implantation.

Elle secoua la tête d'hébétude puis sembla se ressaisir :

— Avec ces drames, ils vont être obligés de tout révéler au grand jour. Ils n'auront pas d'autre choix.

Trapani souffla avec dégoût.

— Tu parles. Ils peuvent encore moins se le permettre. Imagine le scandale. Avant la conquête de Mars, c'est impossible. Ils seront obligés de se taire.

Il hoqueta.

— Alors, ils inventeront n'importe quoi pour expliquer ces morts… Mais ils ne diront rien de ce qui s'est passé. Rien de ce que nous ferons jusqu'au retour.

Elle le regarda qui buvait à grands traits, et s'en inquiéta. Elle se tourna vers la baie vitrée noire, submergée par un sentiment de trahison, et la volonté confuse de rejoindre Felten qui incarnait en cet instant toute l'intégrité et toute la sincérité dont les hommes sont capables.

Elle suivit des yeux la lente montée du serveur *Eternel*. Le spationaute s'était positionné dans le vide, un peu sur le côté droit du vaisseau. Lui ne l'avait pas trahie, pensa-t-elle. Oui, elle voulait le rejoindre.

Au bout d'un moment, Trapani s'approcha parderrière, lui palpa brutalement les deux seins :

— C'est la seule chose qui nous reste, le plaisir…

Elle le repoussa.

— Arrête. Laisse-moi tranquille.

A ces mots, il eut un sourire aigre de vexation.

— C'est comme ça que tu me traites ? Après tout ce que j'ai fait pour toi ?

— Laisse-moi regarder le largage.

— Ça ne sert à rien de l'attendre. Il ne reviendra pas, ton type.

Tout fonctionnait d'une parfaite façon. Il se déplaçait avec des gestes d'une lenteur mesurée, dans un calme absolu et vertigineux. L'espace était comme un abîme de silence.

Sa visière argentée reflétait l'ovale lumineux du vaisseau, irradié devant lui de soleil. Autour, tout était trop imposant, trop sombre, inconnu et terrifiant pour s'y attarder, pour y poser trop longtemps son regard sans risquer de s'y perdre. Il s'efforçait de fixer le serveur devant lui, seul point de repère dans le vide absolu du cosmos. Le serveur *Eternel* continuait de s'élever tout doucement, conformément à la procédure. Il observait cette manœuvre, un peu en retrait, extatique et confiant.

Pourtant, une curieuse sensation l'envahit. Il lui sembla que le sol se dérobait sous ses pieds. Il lui fallut quelques secondes pour se rendre compte que le vaisseau *Lunar 5* s'était mis en mouvement. Ce n'était pas prévu, lui sembla-t-il. Il avait cru comprendre que le vaisseau demeurerait dans sa position initiale jusqu'au terme de l'opération. Felten ne paniqua pas, il demanda à Alia et Trapani si l'ordinateur donnait une justification à cette manœuvre impromptue, mais n'obtint aucune réponse de leur part. Il répéta plusieurs fois son message d'une voix calme. “Le vaisseau se déplace.”

Lunar 5 continuait à progresser, de façon régulière. Felten pensa alors que l'ordinateur de commande avait entamé une manœuvre transitoire d'évitement, estimant que le risque de collision avec le serveur était trop élevé pour une raison qui demeurait inconnue. C'était un cas de figure classique pour d'autres types d'opération. Cette translation inopinée avait forcément une justification sérieuse, rationnelle, incontestable. L'ordinateur allait ramener le vaisseau vers lui au plus vite, dès que tout risque de collision serait écarté.

Felten s'était stabilisé à une dizaine de mètres du serveur. Mû par un réflexe, il avait utilisé les propulseurs pour s'écarter un peu d'*Eternel* et accompagner le déplacement de *Lunar 5*. Le vaisseau n'avait toujours pas amorcé son demi-tour. Le spationaute réitéra ses appels d'une voix assurée : “Ici Felten, que se passe-t-il ? Que se passe-t-il ? Le largage n'est pas terminé, je n'ai pas encore rejoint le vaisseau.” Mais personne ne répondit.

Il sentit son pouls s'accélérer. Il essaya de remplir profondément ses poumons, d'inspirer lentement, de se maîtriser du mieux qu'il pouvait, sans céder à la panique.

Il songea à son fils. Il était avec lui, comme une partie de lui-même. Et s'il devait ne jamais le revoir ? L'idée s'empara de lui un bref instant.

Malgré cette peur qui le gagnait, Felten s'efforça de se rassurer, de se convaincre que le vaisseau allait revenir. Les secondes se succédèrent dans cette incertitude. Il hésitait sur la décision à prendre tandis qu'il flottait seul dans le cosmos. Il demeura ainsi irrésolu, observant le vaisseau monumental qui continuait de s'éloigner. Felten se rappela qu'il se trouvait exposé à des protons à haute énergie, des doses de radiation aberrantes. Etait-ce la raison pour laquelle le vaisseau avait effectué cette soudaine translation ? Une tempête imminente avait-elle été détectée sans qu'il en soit informé par l'ordinateur intégré à sa combinaison ? Il se souvenait qu'une mission avait échappé de justesse, dix ans plus tôt, à un flux mortel de particules. Et si ce vol devait s'achever tragiquement ? Il y avait eu cette tempête, tous ces morts, comme une malédiction qui flottait autour de *Lunar 5*... Il fallait qu'il se protège, qu'il livre le serveur et qu'il rentre. Qu'il rentre retrouver son fils. Ce n'était pas le moment de ne plus revenir. Il l'attendait. Ils avaient besoin l'un de l'autre. Il fit un effort important sur lui-même pour rassembler ses esprits, tenta d'évaluer du mieux possible les options qui s'offraient à présent. Considérant la dangerosité de cette tempête qui malmenait sans doute déjà les équipements, il estima qu'il n'avait d'autre choix que de tenter de s'abriter au plus vite. C'était sans doute la meilleure chose à faire en attendant de nouvelles instructions. Il lui fallait tenter de se réfugier dans *Eternel*.

Elle a entendu sa voix. Il l'a appelée, il lui a demandé des explications. "Le vaisseau s'éloigne. Que se passe-t-il ?" Elle n'a pas répondu. Elle n'a pas pu répondre. Elle entend les ahanements de Trapani, comme un son venu d'ailleurs, elle est secouée par les mouvements d'un bassin qui lui est étranger, elle ne sent rien, juste cet acharnement absurde, cette colère envers son corps censée lui procurer du plaisir. La tête renversée en arrière, elle s'abandonne, son crâne cogne contre le filtre de protection, dans l'ivresse de l'alcool qu'elle a bu à son tour, qu'il l'a forcée à boire, et le dégoût d'elle-même, elle voit l'image du spationaute au-dehors qui s'estompe, déjà il n'est plus qu'une image incertaine qui se brouille derrière un lavis d'arabesques complexes, irrégulières, qui semblent ramener le monde de l'infini à l'infime, autour d'un point ultime, où tout semble vouloir se condenser. Felten ne peut la voir. Elle plaque sa main sur la paroi fragilisée du vaisseau qui reprend désormais le chemin de la Terre. Sous l'allumage du moteur, le déferlement s'est amplifié, les frémissements se succèdent, se superposent, prémices d'un ouragan qui couve dans les profondeurs. Les secousses répétées de la chair se prolongent dans les soubresauts du métal et du verre. Elle ne quitte pas des yeux la matière noire lentement travaillée, le verre qui se fendille de toutes parts et laisse passer une lumière plus vive. Elle aussi n'est plus que matière travaillée, dans l'acceptation de son sort, le renoncement d'elle-même, tandis que le mouvement du vaisseau se précise, s'accélère sous la poussée, tout comme les coups de reins de Trapani dont le visage s'est tendu dans une crispation qui suggère la douleur. C'est un tourbillon d'incertitudes, de vacuité, de confusion. Il y a de la peur, de la souffrance, peut-être une forme de plaisir aussi, dans ce vertige sans issue, que sait-elle de ce qu'elle éprouve réellement ? Il faudrait que cela cesse, elle ne sait pas comment tout cela pourrait cesser.

Elle a la main posée sur le verre froid, inamical, qui pourtant la rassure, exerce sur elle son attrait. Elle semble vouloir retenir cette vision fugace de Felten qui disparaît derrière le cristallin agité de tressautements. Le vaisseau vibre de toutes parts sous la puissance de la combustion, les diodes du pupitre de contrôle frémissent dans des mouvements synchrones qui semblent se transmettre à son corps, elle regarde au loin, son regard glisse sur les espaces infinis de l'univers et elle soulève sa main une dernière fois, puis repose la paume sur cette obscurité devenue blanche, piquetée de lointaines lumières, hostile et fascinante. Sous les coups désespérés qui se prolongent, la vitre semble subir à présent les attaques d'une colonie de vers blancs, rapides, voraces. La progression désordonnée des grêles filaments de lumière s'accompagne d'infimes craquements presque imperceptibles dans le verre obscur. Elle entend comme un souffle saccadé, peut-être Trapani au-dessus d'elle, elle ne sait pas, elle ne regarde pas, cela ressemble un peu à un rire, une moquerie, ou des pleurs, elle exerce une pression plus forte de la main sur la frontière glacée, pour arrêter tout cela, l'univers fuyant du dehors, et cette respiration qui est comme une plainte devenue insupportable, et brusquement il n'y a pas de résistance, tout s'ouvre en un flot de verre fragmenté et resplendissant qui se déverse, miraculeux et d'une violence terrifiante, tout s'épanouit dans une apocalypse muette qui les aspire dans son tréfonds.

Alors, ils ne sont plus que deux corps nus emportés dans le vide sidéral et rendus au silence. Créatures des origines qui dérivent avec lenteur dans une nuit primitive et gravide. Ils sont hors d'atteinte de la douleur, hors de portée de la vulnérabilité des choses, comme régis par l'infini, comme déjà insérés en lui. Ils s'étiolent l'un et l'autre, puis vient le moment où le vide les désaccouple pour les faire glisser dans des trajectoires distinctes, libératrices. C'est un long mouvement figé, glacial, un glissement minéral vers une nuit perpétuelle. Deux êtres dénaturés aux chairs qui se consument.

Felten avait actionné la commande de propulsion de sa combinaison spatiale afin de rejoindre la partie inférieure du serveur. Là-bas il savait pouvoir trouver un accès de secours, près du collier d'amarrage. Une panique sournoise altérait chacun de ses gestes mais il s'efforçait de ne pas y céder, tentant de garder l'esprit clair. Il parvint jusqu'au point d'entrée du fuselage composite, dut se dégager avec témérité de ses propulseurs qui l'empêchaient de se glisser dans l'étroite ouverture. Avec appréhension, il se délesta de cet attirail qui se mit lentement à dériver derrière lui. Il n'avait plus les réserves en oxygène suffisantes pour respirer longtemps, ni aucun moyen de repartir désormais et devrait compter sur les autres pour le secourir. Il se répétait à lui-même que l'incident n'était pas si grave, qu'il importait face à ce genre d'imprévu de rester pragmatique, de prendre les bonnes décisions et de les exécuter avec calme. Il parvint sans précipitation à s'agripper d'une main à la poignée du sas. En l'absence de boulons explosifs, il dut produire un effort violent pour tenter de déverrouiller la lourde manette de sécurité qui barrait l'accès au serveur. Après plusieurs tentatives, la porte, d'un gris éteint, enfin pivota. Il put se glisser dans l'ouverture de la matrice en titane et pénétrer dans le sas hermétique. Il sentait des gouttes de transpiration se former sur son visage. Sa respiration était saccadée. Il savait qu'en cet endroit, il n'était pas encore sauvé : les particules pouvaient encore l'atteindre. Il fallait qu'il s'en protège, ensuite on trouverait bien un moyen de le ramener dans le vaisseau. Alia devait s'affoler un peu et harceler Trapani de questions dans la salle de commandement. Il ne voyait presque rien. Il regrettait d'avoir abandonné une partie de son équipement. Le long tunnel, en forme de spirale, était à peine éclairé. Tout au fond, il parvint à distinguer l'épaisse porte blindée. Il avança encore, flottant en apesanteur jusqu'au modulateur de gravité latéral, fixé à mi-hauteur, à droite sur la paroi. Il pianota son code secret sur les touches luminescentes. Le message "Accepté" s'afficha enfin. Il sentit son corps s'alourdir peu à peu, jusqu'à entrer en contact avec le métal. Le voyant vert s'alluma et la porte commença à glisser sur le côté. Des stries s'engouffrèrent dans l'obscurité et une lumière diffuse l'éclaira. La salle blanche lui apparut et il avança vers le cœur du serveur, haletant. La porte se referma automatiquement derrière lui et il se sentit rassuré d'être à l'abri. La gravité s'exerçait pleinement dans cette salle. Il posa un genou au sol et s'allongea de tout son long, les bras en croix, exténué. Depuis combien de temps n'avait-il pas ressenti cela ? Cette pesanteur bienveillante. Bientôt quatre mois. La gravité terrestre s'accompagnait d'un silence très pur tout aussi inattendu. Il s'empressa de se libérer de son encombrant équipement, il ôta son casque qui roula sur le côté en un bruit creux et curieusement très sonore. Il demeura allongé plusieurs minutes, apaisé, à scruter le plafond. Il retrouvait peu à peu son souffle et il lui semblait à chaque seconde se retrouver un peu plus lui-même, reprendre pied dans la réalité, celle qu'il n'aurait jamais dû quitter, débarrassé de la peur et de cette violence des derniers jours. Il s'interrogeait sans parvenir à comprendre la nature de l'incident qui avait obligé le vaisseau à dévier de la sorte de sa position initiale. Alia et Trapani avaient-ils pu penser qu'il était déjà revenu à bord ? Si c'était le cas, ils se rendraient compte de leur erreur et reviendraient le chercher. Il songea qu'Alia ne savait sans doute pas déverrouiller les commandes automatiques du vaisseau, mais Trapani saurait intervenir. Il connaissait tout cela fort heureusement, de même que les procédures d'amarrage. Bien qu'épuisé, il se leva et se dirigea jusqu'au hublot où filtrait une pâle lumière. Le bruit de ses pas résonna dans *Eternel* comme s'il se fût trouvé au fond d'une caverne. Il plaqua son front contre la vitre froide.

La Terre était invisible à cette distance. Il distingua dans le lointain les cercles rouges du moteur à combustion de *Lunar 5* qui s'amenuisaient peu à peu. Trapani avait-il choisi de s'éloigner devant l'arrivée d'un flux solaire anormal ? C'était absurde. Le vaisseau de toute façon n'aurait pu échapper aux rayonnements, beaucoup trop rapides. Il demeura collé au hublot durant de longues minutes jusqu'à ce que les deux points incandescents eussent presque totalement disparu, espérant en vain que le vaisseau amorce un demi-tour. C'est alors qu'il crut voir un corps d'une lumineuse blancheur qui dérivait à une centaine de mètres du serveur. Alia ? Il crut la reconnaître. Elle disparut presque aussitôt de son champ de vision vers la gauche. Il chercha à la suivre à travers l'alignement des hublots avec affolement, la perdit de vue durant une dizaine de secondes, mais le cinquième hublot sur la gauche lui confirma sa vision. C'était bien Alia qui s'enfonçait là-bas. Il crut même distinguer l'expression de son visage. Elle semblait le regarder. C'était un regard d'une curieuse intensité qui disait la stupéfaction et la douceur, l'incompréhension devant le sort qu'elle avait subi. Il observa son corps, comme une promesse d'amour prête à éclore dans sa splendeur cadavérique. Oui, c'était bien elle, c'était Alia qui glissait ainsi avec lenteur, traversée d'éternité, voluptueuse et pourtant morte.

Felten s'écarta de la paroi, se tourna vers la grande salle centrale, le souffle court, bouleversé par l'émotion. Un calme impressionnant régnait dans cette pièce et une clarté étrange s'y déversait par les plafonniers de la structure supérieure. Tout se noyait dans une blancheur où les objets s'effaçaient, devenaient presque indistincts. Il avait l'impression de plonger dans le cauchemar d'un monde aseptisé, sans âme. Felten décida d'inspecter l'ensemble du vaisseau pour tenter de reprendre ses esprits. Il n'y était entré qu'à trois reprises lors des entraînements au sol et jamais depuis leur départ. Il se souvint que le serveur n'avait été livré qu'une dizaine de jours avant l'envol de *Lunar 5*. Il découvrit avec surprise que la configuration des lieux n'était pas tout à fait celle qu'il connaissait. Quelques éléments avaient été déplacés par rapport au plan initial. N'y avait-il pas là, lors des entraînements, dans cet angle à présent dépourvu de tout objet, un assemblage de gaines, de câbles, un tableau de contrôle de la température et de l'humidité de l'air ? Il avança encore. Où étaient passées les rangées de serveurs qui se trouvaient à cet endroit dans leur bloc de protection ? et les puissants disques de stockage ? et les unités de mémoire auxiliaire ? Etait-il bien dans le serveur *Eternel* ?

Il marcha vers l'intérieur, accompagné par le seul écho de ses pas. Là où s'alignait auparavant toute une batterie d'ordinateurs, une chambre avait été aménagée, avec un lit étroit, coincé le long d'une paroi coulissante. Seul élément rompant avec la blancheur omniprésente, une photo représentant la Terre telle qu'on la voyait depuis le sol lunaire était encadrée sur le mur à la verticale d'un matelas. Il ressortit et avança encore en repensant à la vision d'épouvante d'Alia. La deuxième porte, un peu plus loin, ne débouchait pas sur les instruments de contrôle à distance du vaisseau, mais donnait sur une réserve où étaient stockées d'impressionnantes quantités de nourriture, des bonbonnes d'eau, et quelques caisses de vin dont certaines avaient été éventrées, ce qui ajouta à son trouble. Un peu plus loin, il y avait un couloir assez court, puis une autre porte sur la droite où il pénétra. Il découvrit une cuisine aux proportions modestes, avec un plan de travail repliable, deux plaques chauffantes et des étagères où s'alignaient des casseroles rutilantes, et pléthore d'ustensiles de cuisine tout aussi neufs. Plus avant, la salle de télédétection avait été transformée en WC dont la cuvette était surplombée d'une ouverture rectangulaire par laquelle on distinguait de lointaines étoiles dans le vide sidéral.

Il reprit sa progression dans la coursive centrale aux parois d'un gris éteint. A gauche, une autre pièce. Il en déclencha l'ouverture. Une lumière assez puissante l'éblouit un peu. A l'intérieur, en lieu et place des convertisseurs et des systèmes de maintenance des pressions, il découvrit une serre artificielle hydroponique, d'une longueur d'un mètre environ, éclairée par des faisceaux de lumière cristalline, d'où se dressaient, sur une eau fertilisée, quelques spécimens de légumes variés : il reconnut là un plant de tomates, des carottes, des framboises, des fraises. Une branche avait été fraîchement coupée. En observant de plus près, il constata qu'il s'agissait de… fenouil.

Felten repensa à Trapani. Où se trouvait-il ? Quelle manœuvre allait-il entamer pour venir le sauver ? Puis Alia vint obséder de nouveau son esprit. Ce corps qu'il avait vu, c'était elle. Elle avait les yeux tournés vers lui, elle le regardait, elle semblait le regarder à jamais. Il essaya de se raisonner, il n'avait pas pu voir cela, ce n'était pas possible. Il poursuivit son inspection, s'engagea dans la pièce du fond, rassemblant normalement les capteurs d'orientation et les instruments d'analyse optiques. Là, un bureau avait été aménagé, aux parois en arc de cercle, percé de trois hublots. Sur la table, un ordinateur était posé sur lequel défilaient des images de rivages au couchant, mais il remarqua surtout une arme de poing qui se trouvait posée juste à côté. Il crut reconnaître l'arme avec laquelle Trapani avait abattu Springer. Il referma la porte et s'approcha. Il s'en saisit, l'inspecta. Elle était chargée. Les règles de sécurité interdisaient pourtant toute présence d'arme à bord des vaisseaux.

Soudain lui parvint en écho la voix d'un homme à l'extérieur de la pièce. Cette voix sembla provenir de la salle principale. Des mots qui se succédaient, résonnaient dans l'espace vide et blanc, incompréhensibles à travers la cloison. On savait qu'il se trouvait là. Il avait été repéré. On organisait peut-être déjà le sauvetage. On lui disait de ne pas s'inquiéter, on lui exposait sans doute les étapes de l'opération à venir. Des esprits se mobilisaient, préparaient la manœuvre pour le ramener dans le vaisseau. Des mots comme une corde lui étaient lancés. Un cordon ombilical pour le ramener à la vie. Il suffisait de les entendre, de les saisir.

Il sortit de la pièce et revint sur ses pas. Il pensa au technicien. C'était Trapani qui l'appelait !

Il se sentit déjà presque soulagé. Et si ce n'était pas lui, c'était quelqu'un d'autre, qui savait qu'il se trouvait là. A mesure qu'il avançait, oui, il lui sembla reconnaître la voix d'un de ses collègues de l'agence. Le timbre de cette voix lui parut étrangement familier. En débouchant dans la vaste salle, il s'immobilisa, écouta cette voix caverneuse qui répétait son nom, le faisant résonner dans la vaste pièce, telle une incantation : "Felten… Felten…" Il ne comprenait pas, il ne distinguait pas l'intonation de ses camarades de vol. Pourtant, il n'y avait pas de doute, il connaissait cette voix, il connaissait cette personne.

"Felten, je sais que tu entendras ces mots, là où tu te trouves, à des centaines de milliers de kilomètres de moi.

Felten, je ne t'ai jamais rencontré, et cependant je veux te parler car j'ai l'impression de bien te connaître à présent. On m'a décrit ton parcours et ta psychologie. Tu as été un homme courageux, honnête, tu as fait de ton mieux pour t'améliorer. Au fond, tu me ressembles. Comme moi, tu as saisi ta chance, tu n'as jamais renoncé à changer ton destin, malgré les épreuves traversées et un contexte difficile…"

Felten écoutait cela, bouche bée, les yeux fixés vers le dôme supérieur. Mais le son provenait de partout, y compris des cloisons latérales, diffus, omniprésent.

"Felten, je n'ai pas su être à la hauteur de mon époque, je n'ai pas su enrayer le déclin du pays qui m'a élu, ni répondre aux attentes de ceux que je préside. Je n'ai pas su devenir une promesse pour le monde, un exemple, un modèle. J'ai échoué, de façon incontestable, mais mon désir de

changer les choses est resté intact, et c'est lui qui me pousse encore à agir.

Felten, j'ai vu ces glorieux vaisseaux et ces ciels parsemés d'étoiles qu'enfant, tu dessinais. J'ai vu tes cahiers d'écolier. Ce désir de lointaines aventures, je le sais, tu le portes en toi depuis bien longtemps. Je te l'offre avec douleur, avec regret, dans cet exil qui fondera peut-être un nouveau monde.

Tu ne dois pas m'en vouloir si j'ai forcé ton destin, si je t'ai inventé car je désespérais d'attendre et tu ne venais pas..."

Tout en écoutant cela, Felten commença à faire quelques pas lents dans la salle. Un écho métallique résonna dans la blancheur virginale de la pièce comme s'il se fût agi d'entraves qu'il traînait à ses pieds. Il s'immobilisa.

"*Felten, je te fais surgir dans le cours de l'histoire, comme on lance une bouteille à la mer, à l'heure solennelle de quitter le pouvoir.*

Tu dois être fier. Fier de ce que tu es. Fier surtout de ce que tu deviendras.

Tu fais éclore un mythe qui grandira l'avenir.

Tu ouvres à l'humanité un horizon inespéré. Demain, grâce à toi, le monde ne sera plus le même.

Alors, que ce long voyage t'apporte la paix et le repos de l'âme. Adieu."

La voix fit place à un silence de cathédrale au cœur de ce vertige blanc et froid, vaste cellule épurée, technologique et minimaliste. Au-dehors c'était une nuit sans fin, implacable, qui avait aboli le temps.

Déjà, partout résonnait le récit du mythe fondateur et nouveau.

"A cause de perturbations solaires imprévues, le pilotage à distance du serveur *Eternel* s'est avéré impossible. Les responsables de l'agence spatiale ont donné l'ordre de ne pas le sortir du module de largage. L'astéroïde filait droit sur la Terre et rien ne pourrait empêcher un désastre. L'équipage de *Lunar 5* s'est alors réuni et le spationaute Felten a annoncé qu'il se portait volontaire pour une mission de la dernière chance. Il prendrait lui-même les commandes du serveur qu'il irait lancer contre l'astéroïde. Il a revêtu sa combinaison spatiale et dit adieu à ses camarades. L'émotion était très forte parmi l'équipage. Après un dernier salut, il s'est engagé dans le serveur. A 22 h 09 GMT, *Eternel* était libéré du vaisseau *Lunar 5*. Le spationaute en a déverrouillé les commandes automatiques, allumé les moteurs ioniques puis a suivi les instructions de l'agence spatiale.

A 5 h 29 GMT, après environ sept heures d'un voyage éprouvant, il s'est trouvé en vue de l'astéroïde. Il a voulu alors délivrer un message à l'humanité entière. Il a demandé que chacun se recueille et prie pour qu'il réussisse sa mission. Il a ensuite appelé les Terriens à s'engager dans une ère nouvelle de fraternité et de tolérance. Il a dit qu'il était confiant sur l'issue de sa tentative.

Le spationaute s'est ensuite adressé à son fils. «Sache que je ne cesserai de penser à toi, a-t-il dit. Je sais qu'un jour nous pourrons nous retrouver et que nous aurons alors tout le temps nécessaire pour profiter l'un de l'autre. De là où je serai, je veillerai sur toi, je serai toujours auprès de toi.»

Il a aussi voulu remercier sa femme pour ces années de vie commune. Il a dit qu'il ne garderait que les souvenirs heureux, que tout le reste n'avait pas d'importance.

Il a alors décrit minute par minute ce qu'il voyait. Une masse effrayante, sombre, formée d'aspérités. «Elle tourne lentement sur elle-même, a-t-il dit. Le vaisseau semble minuscule face à elle. Elle est aussi haute qu'un immeuble de quinze étages.»

Il a de nouveau parlé à son fils. A trois reprises, nous avons pu entendre qu'il s'adressait à lui : «Je t'aime, mon petit, je t'aime», a-t-il dit. S'est ensuivi un silence déchirant, on a pu deviner qu'en réalité le spationaute pleurait. A 6 h 07 GMT, il a répété plusieurs fois : «Adieu, mon enfant. Tu vas me manquer.»

A 6 h 08 GMT, nous avons perdu tout contact avec lui.

A 7 h 10 GMT, la confirmation officielle de la déviation de l'astéroïde nous est parvenue."

Je me lève. Il est temps de quitter la scène et de quitter mon palais. Ce spationaute pourra survivre près de trente années. L'histoire sera mon seul juge. J'avance une dernière fois entre les ors de cet imposant édifice, sur un tapis lustré, sous les luminaires de cristal.

Dans la cour, les membres du personnel m'applaudissent, alignés et émus. Je marche d'un pas solennel vers la grille d'ouverture.

Il commence à pleuvoir de fines gouttelettes, mais je refuse les parapluies que l'on me tend. La liesse extérieure me parvient avec force. Je quitte l'enceinte.

J'avance lentement, avec gravité, vers cette foule compacte. Des gens ont passé la nuit là sous des bâches et exultent à mon approche, me remercient dans cette ambiance de premier monde.

Des policiers se déploient en hâte pour m'ouvrir un passage. Je quitte mes fonctions, mais tous l'ignorent encore.

Certains témoins se signent, s'agenouillent sur la chaussée détrempée, et derrière moi se forme comme une procession douloureuse.

Je m'immobilise au milieu de la vaste place et j'observe cette foule qui m'applaudit. Et je suis gagné par une soudaine émotion. Il est là, déjà, partout, en tenue de spationaute, posant fièrement, le casque sous le bras, souriant, à côté du drapeau national. Je vois tout autour de moi ces milliers de visages inconnus, et ces portraits de lui que l'on agite. Au nom de quelle vérité devrions-nous briser l'élan qui s'est formé ?

Je reste de longues minutes ainsi sans rien dire, la gorge serrée, à contempler mon œuvre, avant de lever les yeux vers celui qui vit encore là-haut, ce mythe que j'ai fait naître et qui nous ouvre cette espérance.

Bientôt tous les regards se tournent vers le ciel nuageux dans une ferveur presque extatique. C'est une prière commune que nous lui adressons. Une manière de lui dire ensemble notre infinie reconnaissance. Et, sous cette pluie un peu triste qui semble vouloir laver le monde mais peine à y parvenir, je songe à toi et je murmure : "Regarde, mon amour, ce que j'ai accompli pour toi."

Dans le vaisseau, le spationaute Felten entendit des sons, l'écho lointain de voix, une multitude de langages, de paroles indistinctes, il perçut des rires, qui se mêlaient aux pleurs, il perçut des voix d'enfants, insouciantes et légères, des voix de femmes et d'hommes, du monde entier, qui se superposaient, disant la gaieté ou la tristesse, l'amour ou la haine, la douleur et la peur, des voix de nostalgie, de prières infinies, des voix d'espérance, des voix pleines de désirs, des voix chargées d'une humanité merveilleuse, et puis il lui sembla aussi entendre la voix de son fils, comme une onde fragile, essentielle, qu'il reconnaissait entre toutes, qui tentait de se frayer un chemin jusqu'à lui, et tout cela se mélangeait, formait comme un bruissant murmure, un flot obscur et singulier qui résonnait en lui en une singulière et douloureuse symphonie, familière, intime, universelle.

Un frémissement étrange se produisit, des vibrations dans la sphère de métal, accompagnées d'un grondement sourd et régulier. Les écrans de contrôle s'étaient allumés là-bas sur le pupitre de commande. Il retint son souffle. S'agissait-il des vibrations provoquées par l'allumage automatique du moteur ionique ? Il parcourut la pièce du regard puis se dirigea vers la paroi blanche incurvée et plaqua son visage contre l'ajour glacial. Il distingua à l'arrière les premières colorations bleu ambré du plasma de propulsion. *Eternel* commençait à se déplacer lentement. Sur les écrans, des caméras externes lui retransmettaient la vision sombre et fragmentée des ténèbres qui enserraient le vaisseau. Il pressentit qu'un monde inconnu allait s'ouvrir à lui. Tout lui parut inquiétant. Il avait peur. De plus en plus froid. Il se sangla en hâte au siège qui faisait face au pupitre.

Bientôt, dans ce ventre de métal, ce fut un chant de vie qui lui parvint, chargé de mille oiseaux, de mille insectes, de rongeurs dans les fougères, de poissons au creux des océans, c'était le désordre, la profusion et la beauté. Il lui sembla qu'il percevait aussi des odeurs, des senteurs déjà presque oubliées, le parfum apaisé d'une forêt, d'un champ de blé après l'orage, l'odeur de la terre mouillée et le souffle iodé de la mer. Etait-ce le chant de sa mémoire ?

Ces sons qu'il entendait, ces odeurs qui envahissaient le métal mouvant n'étaient peut-être que des constructions, des simulations artificielles, destinées à le tranquilliser, le maintenir en éveil sensoriel mais déconnectées de toute réalité. Rien de tout cela n'avait d'existence. Il pensa à son fils d'une façon aiguë et douloureuse. Il aurait tant voulu lui parler à cet instant. Le réconforter, peut-être. Tant voulu l'étreindre une dernière fois. Il se sentait transir sous son épaisse combinaison. "Tu vas me manquer, mon petit, tu vas tellement me manquer." Il éprouvait les vibrations qu'imprimait à son siège le mouvement du vaisseau. Il ne voyait sur les écrans que la nuit absolue et terrifiante.

Le néant s'ouvrait comme un vertige, un monde insondable en apparence stérile. Un monde dont il deviendrait le miracle, et l'otage impuissant.

Dans ces secondes primordiales, au milieu de cette cacophonie qui masquait le silence, il devina qu'il franchissait une invisible lisière, basculait irrémédiablement vers un nouveau territoire dans lequel régnait la plus effroyable des solitudes.

Il lui fallait peut-être aborder ce nouvel univers en être vierge, sans repère de temps et sans attaches, sans plus d'amour ni de sentiments ; libéré du martèlement cruel qu'exercerait sur son esprit la réminiscence des jours terrestres.

Oui, tandis que le vaisseau accélérait son mouvement, il songea qu'il lui fallait devenir un être sans mémoire et tenter d'effacer jusqu'au visage de son enfant pour apaiser la souffrance à venir.

Il était désormais un songe né du désir des hommes. Un être de chair gagné par le minéral d'une statue.

Grandi de vertus qu'il n'avait pas.

Eternel.

OUVRAGE RÉALISÉ
PAR L'ATELIER GRAPHIQUE ACTES SUD
ACHEVÉ D'IMPRIMER
SUR ROTO-PAGE
EN MARS 2009
PAR L'IMPRIMERIE FLOCH
A MAYENNE
POUR LE COMPTE DES ÉDITIONS
ACTES SUD
LE MÉJAN
PLACE NINA-BERBEROVA
13200 ARLES

DÉPÔT LÉGAL
1re ÉDITION : avril 2009
N° impr. : 73332

(Imprimé en France)